異世界でもふもふなでなでするためにがんばってます。17
向日葵 ill.雀葵蘭

ネフェルティマ・オスフェ(ネマ)
転生してきた少女
人間以外の生物に好かれる能力を持つ
ディー
聖獣・
獅子光

安眠効果がハンパない!
海
セイレーン
ユーシェ
聖獣・
青天馬

チョコフォンデュ、
美味しいい‼

「うん。思っていたよりも合うね」
「……あら、美味しい」
ダオルーグ・シィ・ライナス
ライナス帝国の第四皇子
マーリエ・エンレンス
ダオルーグの従姉妹の令嬢

「プルーマ、びっくりさせてごめんね」

異世界で
もふもふなでなで
するためにがんばってます。17
向日葵　ill.雀葵蘭

《目次》

1 氷漬けにされた人がいるらしい……。

獣王様の宮殿案内に同行したら、一般の獣人同士の暴動騒ぎに巻き込まれるという不運に見舞われた私。

その騒ぎのさなか、馬車の窓枠にお腹を強打し、痛い目にも遭った。

お腹は治癒魔法で治してもらい、宮殿案内が中止になったので部屋に戻る。

「ネマ様、おかえりなさい！」

スピカが尻尾をブンブン振って出迎えてくれた。

「すっごいものが見れたよ！」

獣王様の勇姿をスピカに聞かせてあげようと思ったら、先にとんでもないことが告げられた。

「さっき氷漬けになった人が発見されたらしいんですが、もしかしてネマ様見ました？」

はて？　氷漬けとな⁇

「いや、正門前で暴動が……」

「え？　暴動ですか？」

お互いに頭の上にはてなをつけて、鏡のように同じ方向に首を傾げる。

もしかして、宮殿でも何か事件が起きていたの⁉

「私が聞いたのは、氷漬けにされた人が発見されて、賊かもしれないから警戒するようにと」

「ぞくぅぅ⁉」

まったく寝耳に水な話に、私はつい大きな声を出してしまう。

その大声がうるさかったのだろう。スピカは耳を後ろ向きに倒した。

「今、パウルさんが情報を集めにいってます」

パウルがわざわざ集めにいったのは、何か理由があるのかな？

宮殿には我が家の優秀な使用人たちが潜り込んでいるので、彼らに報告してもらえば済むのに……。

「はっ！　おねえ様は無事だよね？」

パウルがいないということは、何かあったときに対処できる人員が減っているってことじゃん！

誰か侵入してきたら……って、ウルクの毒針で一発であの世行きになるか。

「えぇ。今、セーゴたちと一緒です」

お姉ちゃんはいろいろ危険物を所有しているため、魔物っ子たちはお姉ちゃんの自室への立ち入りを禁止されている。

なので、魔物っ子たちがお姉ちゃんを守りやすいよう、シェルがお姉ちゃんをリビングに連れ出してくれたのだろう。

「すごーい！」

「もう一回やって！」

「きゅーっ‼」

何やらリビングが騒がしい。

「ふふふっ。じゃあ、よーく見ててね」

どうやら、お姉ちゃんが魔物っ子たちの相手をしてくれているようだが……。

「何もないね」

お姉ちゃんの手のひらを覗きながら陸星《りくせい》が呟く。

お姉ちゃんは手のひらを握ると、いくわよと言って手のひらを開いた瞬間――炎が立ち上がった。

「おやつが出てきた！」

「きゅーーー‼」

お姉ちゃんのパフォーマンスにはしゃぐ三匹。

その姿は見ていて微笑ましいが、簡単に騙されるのはちょっと心配だ。

「ネマ！　おかえりなさい」

「ただいま戻りました。……おねえ様たちは何をやっているの？」

お姉ちゃんが私に気づき、毎度お馴染みのぎゅーをしてくる。ぎゅーのお返しをしながらも、先ほどのことを問うた。

「これよ」

お姉ちゃんが両手をパンッと合わせ、手のひらを開くと、先ほどまではなかった飴が出現した。

「はい、あーん……」

口元に差し出され、条件反射で口を開く。

口に放り込まれた飴は、上品な甘さで美味しい。

「おいしー！」

「でしょう？　今、学術殿《がくじゅつでん》で流行っている飴なの」

へぇー。やっぱり、勉強に疲れたときは糖分！　ってことかな？

甘いものはいつ食べても美味しいけど、疲れたときは特に美味しく感じるもんねー。……って違う！

飴に気を取られたけど、何をしていたのか答えになってない！

「学術殿の友人に教わった手品よ。凄いでしょ？」

こちらの世界で手品と言えば、露天商などが客寄せに使う見せ物のイメージが強い。

実際に、露天商が手持ちぶさたで硬貨で遊んでいたのが手品の始まり、という説が有力視されているくらいだ。

手品用の魔道具とかが出てくるようになれば、エンターテイメントとして普及するかもしれないけど。

「隠し持っていたあめを見えないように手の中に入れたんだよね？」

前世では、タネ明かしされている初歩的な手品も多く、頑張れば私でもできそうなものもあった。

だから、私には通用しないぞ！

「それはどうかしら？」

お姉ちゃんは不敵な笑みを浮かべると、手を動かさずに火の魔法で飴を出現させると宣言する。

手品で手を動かさないって無理じゃね？

「この通り、両手には何も持っていないわ」

お姉ちゃんは両手をひらひらさせて、何も隠し持っていないことをアピールする。

ふんふん。

「手のひらを上にして、ここから先、この手は絶対に動かしません」

「火よ！」

お姉ちゃんが火と言った瞬間に両手から炎が吹き出し、すぐに消えた。

そして手のひらの上には飴が……。

「もう一度……火よ！」

再び同じように火が現れると同時に、今度は飴が消えた！

「えぇ⁉　なんで？」

手を動かしていないことから、タネは火の魔法にあると思うんだけど……。

飴を消す方法は、高温で飴自体を蒸発させたとかが考えられるが、飴が現れる方法がわからない。

「ぼくのおやつも出して！」

「ずるい！　ぼくもほしい！」

「きゅー！　きゅっきゅぅぅぅー‼」

三匹は尻尾をこれでもかというくらい振り、さらには上目遣いでおねだりをする。

ちゃんとお座りしているのは偉いが、ちょーだいと片前脚をお姉ちゃんの膝に載せるのはあざといな。

まぁ、私がこれをやられたら、おやつをあげちゃうけども！

「いいわよ」

お姉ちゃんがまたも両手に炎を出現させると、その手にパウル特製魔物っ子ビスケットが三つ現れた。

ちなみにこのビスケット、コボルトの群れから教わったレシピで作られており、残念ながら動物であるノックスは食べられない。

ノックスにはよくない材料が使われているんだって。

人間にも多少害があるらしく、パウルはことあるごとに食べないよう、私に言ってくる。

そこまで食い意地張ってないよ！

おやつをもらってご機嫌な魔物っ子たちを見ていると、あることに気づいた。

「スライムたちがいない？」

紫紺《しこん》はウルクの当番中なので毒針にくっついているが、他のスライムたちが見当たらない。

「セイはカイといっしょー」

「みゆあびしてゆぅ」

「陸星、食べ終わってからしゃべろうね」

陸星はおやつを飲み込むと、水遊びしてると言った。

つまり、海《かい》と青《せい》はお風呂場で遊んでいるということだ。

残るは白《はく》と葡萄《ぶどう》だが……。

「ほら、ネマ。次はこんなのはどうかしら?」

片方の手のひらを上にして、もう片方の手をサッとかざすとあら不思議。丸いクッキーが現れた!

手をかざすたびに、クッキーが増えていく。

クッキーが五枚になったところで、お姉ちゃんは全部私にくれた。

口の中にまだ飴が残っているから、食べられないんだけど……噛むか。

飴をガリガリ噛み砕き、クッキーを頬張る。……甘くない。

スピカにお茶をお願いし、口の中をリセットしてもう一枚。

サクサク食感に、全粒粉のような香ばしさが口に広がる。これはかなり好みの味だ!

三枚目のクッキーに手を伸ばし、口に入れようとしたとき、何か違和感を覚えた。

お姉ちゃんは再び稲穂《いなほ》におねだりされて、魔物っ子ビスケットを空中から取り出す手品を披露していたのだが……。

お姉ちゃんの手元、というか袖の中から変な物体が見えた気がする。

もしや、タネか⁉

じーっと観察することしばし、確かにお姉ちゃんの袖から何かが出たり入ったりしていた。

ただ、動きが速すぎて、それがなんなのかまではわからない。

「おねえ様、私ももっと欲しい！」

「いいわよ。ちょっと待ってね」

そう言ってお姉ちゃんは、私たちに見えないようごそごそし始めた。

おそらく、おやつを仕込んでいるのだろう。

そして、私のリクエスト通り、クッキーを出してくれる。

お姉ちゃんの袖付近をこれでもかとガン見すると、クッキーの不可解な動きを観察することができた。

なるほど、そういうことか……。

「おねえ様、わかったわ！　そのそでの中にいるのは白と葡萄ね‼」

名探偵になった気分で自信満々に告げると、お姉ちゃんの両袖からにゅるんと白と葡萄が出てきた。

その体の中に、クッキーや飴を入れたまま……。

「さすがネマね。もう見破られちゃったわ……」

え……ちょっと待って。もしかして、クッキーも飴も、一度スライムの体内に入ったものだった⁇

食べて大丈夫なの？　スライムの消化液で胃に穴が空いたり……なんてことはないと思いたい。

自分のお腹をさわさわ撫でて無事を祈る。

「白と葡萄もすごいね。どうやって見えないように運んだの？」

私がそう聞いたら、わざわざ白が実演して見せてくれた。

触手のように細く伸ばし、その中をクッキーが通っていき、先端に到着すると素早く置く。

なるほどと思う自分と、なんとも言えない気持ち悪さみたいなものを感じる自分がいる。

触手の中を丸い形のものが通る光景が、地球外生命体に卵を植えつけられるシーンを連想するからだろうか？

ゾンビとか地球外生命体とかのパニックもの、怖いけどつい見ちゃうよねー。

それにしても、雫《しずく》や黒《こく》たち寄生タイプのスライムが、割とまともな出入りの仕方でよかったわ。

地球の寄生生物みたいに、傷口から出入りする可能性もあったわけだし。

「最初はわたくしひとりで練習していたのだけど、ハクとブドーに見つかってしまって」

お姉ちゃんがこっそり手品を練習しているとか、ちょっと……いや、凄く可愛い！　私も陰からこっそり覗き見したかった！

「二匹も興味を持ったみたいだったし、せっかくならみんなでネマを驚かせましょうって練習していたの」

「ぷみぃ！　ぷみぃ！」

葡萄がぴょんぴょん跳ねて、手品の練習は楽しかったと全身で伝えてくる。

「みゅっ！　みゅぅぅぅ？」

白は私に驚いたかどうかを聞いているようだ。

「私もびっくりしたし、みんなもすごいっておどろいていたよ！」

私がそう返すと、星伍《せいご》たちも白と葡萄を凄い凄いと褒め称えた。

「じゃあ、海と青も呼んで、みんなでおやつを食べよう！」

美味しいものはみんなで食べるともっと美味しいよねってことで、森鬼《しんき》、スピカ、シェルにも同席させる。

そこでようやく、お姉ちゃんたちに正門前での騒動と、獣王様の勇姿を語彙力を駆使して語る。

「まぁ、獣王様は歌声も素晴らしいのね。わたくしも聞いてみたかったわ……」

「カーナお嬢様……獣王様が素晴らしいのはよろしいことですが、獣人が暴動を起こしたとなると、しばらく学術殿をお休みされた方がよいのではないでしょうか？」

珍しくシェルがお姉ちゃんに意見を述べる。

正門前の暴動は、獣王様のお姿を見たくて集まったせいだと思うけど、シェルの心配も一理ある。

学術殿にも多くの獣人が通っているだろう。獣王様に憧れる獣人の生徒が、実際に獣王様を間近で見たお姉ちゃんに話を聞こうと突撃してくるかもしれない。

一人、二人なら対処できたとして、集団でやってこられたら正門前の二の舞になりかねない。

「そうね……。どうするかは、パウルの報告を聞いてから決めるわ」

お姉ちゃんがそう告げたときだった。

スピカの耳が何かの音に反応して、小刻みに動く。

そして、すーっと鼻から息を吸うと……。

「パウルさんですっ！」

そう言うやいなや、スピカとシェルは急いで立ち上がり、自分が使っていたカップを手に簡易キッチンへダッシュ。

シェルが魔法でカップを綺麗にすると、スピカがパパッと元あった場所にしまう。

再びダッシュで壁際に立つと、ずっとここで控えていましたよと、すまし顔をして動かなくなった。

証拠隠滅にかかった時間は三十秒もない。

呆気に取られていると、リビングの扉が開いた。

「ただいま戻りました」

本当に間一髪だった！

スピカの能力なら、もっと早くに人の気配を感知できるけど、相手がパウルとなればそうもいかないみたい。

「パウル、ずいぶん時間がかかったのね」

お姉ちゃんは、シェルたちを庇うためか、早く報告しなさいとパウルに手招きをした。

「申し訳ございません。報告の前に一つよろしいでしょうか？」

そうお願いしてきたパウルに、お姉ちゃんが許可を与えると、パウルはなぜか私の前に来て膝を折る。

「お腹を強打されたとのことでしたが、痛みなどはございますか？」

「なんで知ってるの⁉」

部屋に戻ってから、お腹を打ったことは誰にも話してない。

まさかうちの使用人に監視でもさせていたのか？

「それなら俺が報告しておいたぞ」

ん？　森鬼が報告した……パウルに？

どうやって……って、精霊を使ったのか！

この裏切り者ぉぉぉ‼

「けいえい隊員にちゆ魔法をかけてもらったから大丈夫だよ！」

もう痛くないと、元気なことをアピールするも、パウルの表情は真剣なままだ。

「ネマお嬢様、治癒魔法といえど、万能ではありません。特に、体内の損傷が激しいと治しきれないこともございます」

脳裏に内臓破裂という言葉がよぎる。

お兄ちゃんレベルの治癒術師は少ないと聞くし、もしかして……。

私の不安が体内にいる黒にも伝わったのか、黒から「大丈夫」「守った」という気持ちを感じた。

内臓へのダメージは、黒が防いでくれたのだろう。

「黒が守ってくれたから、お腹は無事だって！」

「そうですか。コクにはあとで褒美をあげましょう」

ご褒美と聞いて、黒が喜ぶ。

今すぐ出てきそうな気配がしたので、今じゃないと宥《なだ》めた。

それからパウルに、お腹が痛くなったり、具合が悪くなったらすぐ言うようにと念押しされた。

「知っていたらお菓子はあげなかったのに……」

お姉ちゃんは私のお腹に手をやり、そんなことを呟く。

まさかのおやつ抜きにされるところだった……。

これからはもっとお腹を大事にしよう！

「では、報告いたします。カイ、セイ。お嬢様方の安全に関わることです。しっかりと聞きなさい」

名指しで注意された一人と一匹。

そちらに視線をやると、海はわかったと素直に頷いたが、青は帽子みたいにカップをかぶっていた。

パウルに見つかるとすぐに、青はそのカップの中に隠れる。

なんかヤドカリみたい……。

しかし、不可思議な点がある。

青はカップをかぶっていた。つまり、カップは青の体よりも小さいのだ。それなのに、カップに体が収まっているのはなぜだ？

中がどうなっているのか気になったので、青が隠れているカップをひっくり返してみる。

すると、青の体がぷくーっと盛り上がり、カップケーキのようになった。

いや、その部分、どうやってカップの中にしまっていたのさ？

カップを小さく揺らすと、はみ出た部分もぷるんぷるんと揺れる。

カップケーキじゃなくてゼリーだったわ。

フィット感を気に入ったのか、青はカップから出たがらなかったので、そのままにしてパウルの報告を聞く。

「宮殿に侵入した賊の人数は不明ですが、そのうち四名を捕縛。うち一名はユーシェ様のお力によって全身氷漬けにされているようです」

獣王様と遊んだとき、ユーシェは怪しい人がいたら氷漬けにするって言ってたけど、あれ、本気だったんだ。

「氷漬けにされた者の生死は？」

お姉ちゃんがパウルに質問する。

「おそらく生きてはいるだろうと、第一宮殿防衛部隊の隊長が仰《おつしや》っていました」

第一宮殿防衛部隊の隊長といえばペリーさん！

ペリーさん、気さくなおじ様だけど、実は宮殿警備関係の偉い人なんだよね。人は見かけによらない！

「ただ、ユーシェ様がたいそう怒っておられるそうで、氷は消さないと仰っているという報告もあります」

ユーシェからしたら、縄張りを荒らされた！　って感じなのかな？

でも、陛下に逆らってまで氷漬けを続けるのは、何か意味があるのかもしれない。

「それから、まだ未確定ではありますが、捕縛した賊の正体はイクゥ国使節団の者ではないかと……」

なんだってー⁉

それが本当なら、ガチの国際問題が勃発してしまうのでは‼

2 そりゃあ怒るよね。

パウルから告げられた、賊の正体はイクゥ国の使節団かもしれない問題……。

まだそうと決まったわけではないが、どちらにしろ、輝青宮《きしょうきゅう》に賊が現れたこと自体が一大事だ。

我が国の王宮と比べると、こちらの宮殿の方が警備は厳重だし、人員も多く、常に聖獣もいる。それで侵入されたと言うのであれば、内部からの犯行に違いない。

「仮に賊の正体がイクゥ国の使節団だったとしたら、計画されたものではないわね」

お姉ちゃんの言葉にパウルも同意する。

「計画されたものであれば、それ相応の能力を持った者を同行させていたでしょう」

そういえば、今回ライナス帝国にやってきた使節団は、獣王様と護衛の人たちを除く全員が人間だったな。

人間のふりをしたドワーフ族が紛れていたから、人間にしか見えない獣人が加わっている可能性はあるけど。

「それで、賊の目的はなんだったのかな？」

歴史の長いライナス帝国なので、宮殿のあちこちに価値の高い物がたくさんある。

前に陛下から聞いた、大昔のドワーフ族が作ったとされる古代魔法を用いた武器や装飾品などがこの輝青宮に保管されているので、それを狙った可能性も考えられる。

「それが、地下の施設を重点的に探っていたようです」

「探っていた？　何かを盗み出したんじゃなくて？」

パウルが言うには、捕まえた人たちは何も盗っていなかったらしい。

目的のものを見つけ出せなかったのか、それとも形のないもの……情報を探していたのか。

「これから尋問が行われるでしょうが、イクゥ国の者だった場合、どこまでやれるかわかりません」

使節団に選ばれるくらいだから、イクゥ国で要職に就いている人たちだろうしね。彼らを傷つけるようなことはできないと。

まだパウルの報告が続いているさなか、陛下からお呼び出しがかかった。

とにかく急いで来て欲しいとのこと。私だけでなく、お姉ちゃんも一緒にだ！

何やらただ事ではない雰囲気を感じる。

「お嬢様方をどちらにお連れするのですか？」

「地下の、賊を捕らえた現場に直接お連れするようにと」

伝達に来た警衛隊員にパウルが問うと、まさかの回答だった。

いつものごとく、陛下の執務室か会議室だとばかり。

「パウル、ナノたちも急かしている。急いだ方がいいようだ」

森鬼までもそんなことを言ってくる。

これは……何かが起こっているに違いない‼

パウルはみんなに指示を出した。

こんな状況で部屋を無人にするわけにはいかないので、スピカとシェルはお留守番。ウルクと毒針係の紫紺には、侵入者が出たら容赦なくやれと言っていた。

稲穂と葡萄はお姉ちゃんの護衛、残りの魔物っ子たちは私の護衛で、ノックスはなぜかパウルの肩に……。緊急時の伝令係かな？

警衛隊員の案内で宮殿の地下に下りる。

宮殿の地下は初めてだから、ちょっとワクワクするね！

灯りの魔道具のおかげで、地上よりちょっと暗い程度に明るい廊下を進む。

すべての扉の前に警備の軍人が立っていて、中には捜査中と思しき部屋もあった。

厳つい、いかにもって感じの扉の中に入ると……現れたのは階段だった。どうやら、まだ下の階に行くようだ。

これはもしかすると、皇室宝庫への階段だったりして！

お宝がババンと並ぶ光景を想像しながら、意気揚々と階段を下りる。

そしていよいよ……。

「ここから先は寒いのでご注意ください」

地下だし、空気が冷たいのかなと思いつつ、開かれた扉の中に入る。

「さむっ‼」

中は極寒だった！

寒いどころではない！　突然雪山の頂上にワープしたかのごとく、マイナスん十度あるんじゃないかってくらい寒い。

あまりの寒さに、その部屋から出た。

すると、寒くなくなった。先ほどまでいた場所がめっちゃ暖かく感じる。

不思議な現象に、もう一度中に入ってみる。

やっぱり寒い！　つか、この床凍ってない？　よく見たら、床どころか部屋全体が凍ってるわ！

こんなところに長くいたら、私も氷漬けになりそう……。

お姉ちゃんは私の反応を見てから、腕だけを部屋の中に入れた。

そして、何かの魔法を詠唱したのち、お姉ちゃんは不思議そうに自分の手を見つめる。

「魔法の効果が……」

「あぁ。今は聖獣様のお力が満ちていますので、火魔法で暖を取るのは無理ですよ」

どうやらお姉ちゃんは、火魔法で暖かくしようとしたみたい。

でも、ユーシェの力の方が強くて無効化されてしまったようだ。

「もしかして、氷漬けにされた賊が現れた場所なのかしら？」

「そうです。あちらに陛下がいらっしゃいますので、詳しいことは陛下からご説明があるでしょう」

部屋の奥の方を示されたが、その一角に靄《もや》がかかっていてよく見えない。

この靄もユーシェの力なのかな？

とりあえず寒さを我慢して陛下のもとへ行かなければならないようだが、この凍った床が厄介だ。

ひとまず、星伍は森鬼に、陸星は海に抱っこさせて、稲穂はお姉ちゃんに任せる。稲穂を抱っこしていれば、寒さも若干和らぐはず。稲穂の尻尾は温かいからね。

「よし！　気合い入れていきましょう！」

寒さに備えて、グッと力んで一歩を踏み出す。

覚悟はしていたけど、やっぱり寒いぃぃぃ‼

寒さで震える体を叱咤《しった》し、ゆっくりと小幅で歩いていると私は気づいてしまった。私以外、みんなが凍った床の上をスタスタと歩いていることに！

ひょっとして、そんなに滑らないのか？

凍った道は滑るという先入観が先行しすぎたのかもと思い、先ほどより大きく一歩を踏み出してみる。

お！　意外といけるかも！

私もみんなと同じようにスタスタと……。

「ぬわぁっ！」

行けなかった。

つるんと足を滑らせ、腕でバランスを取る間もなく体が傾いていく。

お尻から転び、勢い余って仰向けになってしまう。

起きあがろうとしたら、なぜか視界が動いていて、霧が現れ、不思議に思っていたら陛下の顔があった。

「ネフェルティマ嬢、斬新な移動方法だね」

「え??」

陛下に抱き起こされ、周囲を見回すと、警衛隊員や軍人たちが何か堪《こら》えるように顔を背けた。

「ネマ、大丈夫?」

「主《あるじ》、気にするな。ナノたちの悪戯だ」

お姉ちゃんたちもやってきたけど、精霊の悪戯ってどういうこと?

我が身に何が起こったのか……。転んで、仰向けになって、視界が動いて。

「私、凍った床の上を滑ってた?」

おそるおそるお姉ちゃんに聞くと、にっこり笑顔で肯定される。

傾斜のない床で滑っていったのは、森鬼の言う通り、精霊たちが何かやったのだろう。

やるとわかっていたら、もっと楽しめたのに残念だ。

「そういえば、ここは寒くないけどなんで?」

霧の向こう側とでも言えばいいのか、扉の場所からは見えなかったこの場所は、まったく寒くない。

何か魔道具でも使っているのかと思ったら、陛下が答えを教えてくれた。

「私がユーシェの力を抑えているからね」

そのユーシェはどこにいるのだろうと、陛下の後ろを覗く。

部屋の奥は室内プール……いや、地下貯水槽？　とにかく、水に関わる設備なのは見てとれた。

その水も全部凍ってるけど。

氷の上でユーシェは、耳を後ろに伏せ、鼻に皺を寄せて歯を剥き出しにしている。

「ユーシェ……顔がやばいよ……」

怒っているのは伝わってくるのだが、目をかっぴらいて歯が剥き出しな顔はどう見ても変顔。

さらに不満を訴えるように、ヒギーンと普段よりも高い声で鳴くと、ユーシェの周りに氷がメキメキと音を立てて出現した。

「あの氷の中に賊が捕まっていて、救出するためにユーシェを宥めているところなんだ」

「ユーシェがこんなに怒るなんて、その賊は何かやったんですか？」

「ユーシェが大事にしている場所だから、侵入してきたこと自体、許せないのだろう」

そもそもこの部屋は、宮殿の敷地を流れる水路の源流なんだって。

大昔の水の聖獣が作り、代々契約した聖獣が受け継いできたと。

カイディーテの力でいろいろ改修もしたそうだが、ユーシェにとってはサチェから引き継いだ大事な場所。

その大事な場所に、不審者が侵入してきたのだから、ユーシェが怒るのも無理はない。

「ユーシェ！　ユーシェ！」

私が名前を呼ぶと、ユーシェは変顔をやめてブルルと鼻を鳴らした。

「ネフェルティマ嬢を連れてくるなんて反則だと怒られてしまった」

陛下は苦笑いのような、少し落ち込んでいるような表情で通訳してくれた。

いつもラブラブな陛下とユーシェを見慣れているせいか、陛下のそんな表情を見て、私も切なくなる。

「ユーシェ、なんで賊をそのままにしているの？　不快ならポーイって捨てた方がよくない？」

これで賊をポイッと捨ててくれたら、ここにいる人たちがそそくさと運び出すだろう。

しかし、この提案はお気に召さなかったようだ。

「ユーシェが自分でばっするの？」

賊の正体がイクゥ国の使節団だったとしても、聖獣の怒りに触れた結果だと言えば、イクゥ国側の責任にできるだろう。

しかし、賊がイクゥ国の使節団でなかった場合は、賊の正体をつきとめなければならないし、ユーシェに尋問ができるとも思えない。

だったら、そういう手間のかかることは陛下にお任せして、ユーシェはここを元通りにする方がいいのでは？

というようなことを説明したけど、ユーシェは人間のことなんて自分には関係ないと、そっぽを向く。

「サチェにちゃんと守ったよ！　って報告もしないといけないでしょう？」

侵入されたものの、何かを盗られたり、壊されたりはなかったらしい。ユーシェが気づいたから、未然に防げたのだろう。

サチェから受け継いだ場所をちゃんと守ることができたと、ユーシェは誇っていいと思う。

サチェはよくやったと褒めてくれるはず！

そう伝えると、ユーシェは本当？　と首を傾げた。

陛下も私も、力いっぱい本当だよと返す。

「この部屋をきれいにするの、私も手伝うから！　なんなら飾りつけもして、サチェを招待するのはどうかな？」

最初はサチェに報告しに一緒に行こうって言おうと思ったんだけど、ここへ来てもらう方が早いことに気づいた。

ユーシェがサチェを招待するのなら、サチェに喜んでもらえる演出があった方がいいよね！

「飾りつけか……。楽しそうだと思うが、ユーシェはどうだい？」

ユーシェの気を逸《そ》らすために、陛下も私の提案に乗ってくれた。

飾りつけは何がいいかな？

氷がたくさんあるから、それで像を作る？　でも像なら雪まつりみたいに雪で作るのも楽しいかも！

あとは、何かで見た花や果物が入った氷も華やかでいいと思うし……。

いくつか案を出すと、ユーシェも興味を示し始めた。

「氷で花を作る……他は……」

「氷でとは、こういうことかな？」

私の呟きを聞いた陛下が、パッと氷の花を魔法で作ってみせる。

透き通った氷の花弁が美しい薔薇だ。

単体で見ると美しいけど、これがいっぱいあってもちょっと地味かもしれない。やっぱり彩りは大事だよなぁ。

「あ！　生花に薄い氷をまとわせるのはどうかな？」

北の山脈で見た、氷をまとう木々のように、花に氷をまとわせたらより美しくなるのではと考えた。

でも、氷だけの美しさもあった方がいいよね？

氷の花だと埋もれちゃうから、ここは一つ大きな像……いや、それこそ樹氷のようなものが映えるかも！

「大きな氷の木を作って、その周りをお花畑にするの！」

これなら、氷の幻想的な雰囲気と花の彩りで素晴らしい光景になるに違いない！

ユーシェは尻尾を高く振って、ブブブと鳴いた。

「サチェが喜んでくれるならやりたいそうだ」

ユーシェがやる気になったおかげで、陛下も安堵した様子。

「よし！　じゃあ、賊は軍人さんに任せて、氷を片づけちゃおう！」

私がそう言うと、氷の塊が次々に溶けていき、一つだけになる。

そして、ユーシェが操る水が氷の塊をポイッと放り投げ……。

床に落ちた氷の塊は砕けることはなかったけど、ずずずーっと床を滑って止まった。

「もしかして、あれが氷漬けにした賊？」

ふんすとユーシェは鼻息で肯定する。

「……運び出すの大変そうだから、あの氷も溶かした方がいいかも？」

すると、ユーシェは明らかに不満そうな顔をする。

「早くいなくなった方がいいでしょう？」

私がそう言うと、ユーシェは渋々といった感じだったけど、氷を溶かしてくれた。

氷が溶けてからの動きは早かった。

どこからともなく担架のようなものが現れ、それに氷から出てきた賊を載せ、治癒魔法をかけながら運び出していく。

そして陛下が、他の軍人や警衛隊も数人だけ残して下がらせた。

「では、まずは綺麗にしよう」

陛下がそう告げると、陛下の足元から水が広がっていく。

サーッと水が広がる音がして、床だけでなく、壁や天井まで隙間なく埋め尽くすと、今度は逆再生のように水は陛下の足元へ移動して消えた。

魔法で、水洗いと乾燥を一気にやったのか？

……陛下が一人でやってしまったら、私が手伝うことがなくなってしまう！

「へいか、私にも何か手伝わせてください！」

「それでは、ユーシェと一緒に氷の木を作ってはどうかな？　どんな形がいいか、二人で相談するといい」

陛下がそう言うならと、通訳として森鬼に側にいてもらい、ユーシェとどんな木にするか相談する。

陛下はお姉ちゃんとパウルと何やら話を始めたけど、そっちも気になるなぁ。たぶん、賊に関することじゃないかな？

「主、どんな木がいいのか、主の意見を聞きたいそうだぞ」

「うーん、やっぱり大きい木がいいなぁ。天井ギリギリまで大きくしたい」

それを聞いたユーシェが、いくつかモデルにする木の種類をあげてくれたが、それがどんな木なのかさっぱりわからん！

でも、針葉樹のようにシュッと伸びる木がいいよね。

「こう細長い三角形みたいな木って何かある？」

ユーシェは、こんな感じ？　と水を操って、木の形を再現してくれた。

うん、クリスマスツリー……もみの木にそっくりだ！

私がうんうんと頷くと、ユーシェは水の木を根元から凍らせていく。

「うわぁー！　すごい‼」

ゆっくりと凍っていくのが目で見てもはっきりとわかる。

白く葉脈のような氷が成長していったと思ったら、下から上へ雪みたいなのが上っていった。

「もしかして、これ結晶？」

ユーシェがそうだと鳴くと、大きな結晶が現れた。

どうやらユーシェは、結晶の大きさも調整できるようだ。

私が凄い凄いとはしゃいでいると、木の葉の部分も凍り始める。

本物の葉っぱのごとく、葉脈部分は白く、他の部分は透明な氷になった。

すべてが凍ると、ユーシェは見ててと言うように鼻を鳴らして、右前脚をダンッと力強く踏んだ。

するとどうだろう。氷の結晶で白かった幹や枝が、たちまち透明な氷に変化したではないか！

「おぉ‼」

歓声と拍手でユーシェを讃えると、もっと褒めろと頭を擦りつけてきた。

何度も凄い！　さすがユーシェ！　と褒めながら、頭や首をなでなでする。

たくさんの氷でこの部屋が冷やされていたせいか、ユーシェの体もとても冷たかった。

あと、いつもより若干固くなってる？　ユーシェの体も凍ったりするのかな？

改めて、氷になった木を見上げる。

ふむ。天辺に星をつけて、ちょっと雪も積もらせて、あとイルミネーションも欲しいな。灯りの魔道具で光らせてみるか？

　とりあえず試しに、お兄ちゃんからもらった陽玉《ようぎょく》を光らせて、どんな感じになるのかを確かめる。

　森鬼に抱っこしてもらい、下の方の葉にそっと陽玉を載せた。そして、暖かな暖色系の淡い光を想像する。

「やった！　光った！」

　お兄ちゃんと一緒に試したとき以来だったけど、意外と上手く光ってくれた。

「ユーシェ、こんな感じで灯りの魔道具を飾るのはどうかな？　氷がキラキラしてきれいだし」

　ユーシェも気に入ってくれたのか、首を縦にブンブン振って、低い声で鳴く。

「光の聖獣の玉《ぎょく》だと、はしゃいでいるな」

「そっちかー！」

　氷がキラキラ輝く方ではなく、陽玉自体に興奮していたとは……。

「ユーシェ、陽玉はいつでも見せてあげるから、まずは飾りつけを決めようね」

　陽玉にばかり気がいってしまうユーシェにイルミネーションを説明して、なんとか灯りの魔道具を飾ることは承諾してくれた。

「一番上につける星も光るのかと聞いているぞ？」

「ユーシェ……それだ！」

　ナイスアイデアだよ、ユーシェ！

星の中に魔道具を入れて光らせたら、絶対綺麗!!
じゃあ、陛下に灯りの魔道具をいっぱい用意してもらおうっと。
ところで、お話は終わった?

3 魔物っ子たちは雪遊びが好き。

氷の木に飾る灯りの魔道具を、具体的に何個くらいあればいいのかを考える。

いっぱいつけすぎてもギラギラになっちゃうしねぇ。

ランダムに飾るか、それとも規則性を持たせて飾るかでも違ってくるだろう。

「ずいぶん楽しそうだったね」

「あ、へいか。お話は終わったんですか?」

「あぁ。カーナディア嬢に学術殿を休むようお願いしただけだからね」

それにしては長かったような?

陛下は本当だと言って私の頭を撫でると、ユーシェの側に向かった。

そして、氷の木を見て、ユーシェを褒め称える。

ユーシェも私が褒めたときより嬉しそうだし、思いきり陛下に甘えていた。

なんか親友に彼氏ができて、親友を奪われたような気分なんですけど⁉

「ユーシェ、へいかに魔道具のことお願いしようよ!」

ユーシェは変わらず陛下に甘えていて、聞いているのかわからなかった。

でも、甘えながら氷の木の飾りつけについて説明してくれていたようだ。

「灯りの魔道具を飾ることにしたのか。すぐに用意しよう」

陛下は灯りの魔道具を用意するよう、警衛隊員に言いつける。

人払いがされているときは、警衛隊員が侍従の代わりもしないといけないので大変そう。

仕事を増やした原因は私だけど……。

それから、花をどこまで飾るのか、どういうふうに飾るのかを話し合っていたら、籠を持った人がぞろぞろと部屋に入ってきた。

「花はこれでよかったかい？」

籠の中身はたくさんの切花が入っていて、その籠が……数えきれないほどある。

うんと返事をしたものの、全部できるかな？

「ユーシェ、試しにやってみよう！」

籠から一本だけ花を取り、ユーシェに差し出す。

「ネフェルティマ嬢、そのままだと君の手も凍ってしまうよ？」

「え⁉」

さらっと恐ろしいことを言われ、思わず花を持っていた手を引っ込める。

持ったままがダメなのか？　床に置いた方がいい？

「せっかくだ。炎竜殿の力を使ってみてはどうかな？」

花を床に置こうとしたところに、陛下のこの発言である。私は中途半端な姿勢のまま、陛下を見やった。

陛下はなぜか、私がミルマ国でソルの力を使えたことを知っていて、練習だと思って気軽にやればいいと。

もし暴走しても、宮殿にはユーシェとサチェ、カイディーテがいるから抑えられると自信たっぷりな様子で語る。

「こうやって、部分的に聖獣の力をまとわせることも可能だ。これができるようになれば、武器などにもまとわせられる」

陛下は片手を私の方に差し出してきた。

一見、なんの変化も見られない。触っていいと言われたので、陛下の手を触ってみると、少し違和感を覚えた。

感触は人肌なのは間違いない。

でも、陛下の手って、こんなにもっちり潤っていたかな？　まるで丁寧に手入れされた直後の肌のようだ。

ん？　んんん⁇

陛下の手を何度か揉んでみると、ぬるんっと指が滑っていく。

ボディークリームやオイルでのマッサージに似ている動きに、私はピンときた。

陛下の手の表面に見えないくらい薄い何かがあるのではないかと！

「気づいたかい？」

「何かを塗ったような感じになってます」

私の答えに陛下は微笑むと、その何かを見えるようにしてくれた。

「水？」

透明なぷるぷるしたものが陛下の手を覆《おお》っている。

これ、やっているのが陛下だから魔法かユーシェの力だなってわかるけど、他の人だったらスライムに襲われているようにしか見えないよ？

「炎竜殿の力で手袋を作ってはめるところを想像してごらん」

してごらんと言われても、最初のソルの力で手袋を作る部分が難題なのだが……。

とりあえず、うさぎさんリュックをぎゅっと抱きしめて、ソルに念話を飛ばす。

――いかがした？

――なんかよくわからないけど、ユーシェの力で凍らないよう、ソルの力で手袋を作れって陛下に言われた……。

端的に言ったら意味がわからないと言われたので、ソルに今の状況を説明する。

ユーシェが怒っていたことを話したときは、ソルもユーシェに同情していた。

――大まかなことは理解した。しかし、まだそなたには難しいように思うが？

――ですよねー。前は上手くいったとはいえ、着ぐるみだったもんねー。

着ぐるみの手の部分だけをイメージしても、上手くいくとは思えない。いっそのこと、また全身着ぐるみになった方が上手くできる確率は高いかも？

とはいえ、同じ着ぐるみだと芸がない気がするので、うさぎさん以外にしてみるのもありかも！

ここはやっぱりラース君か？　それともハンレイ先生みたいにもっふもふなわんこか？　悩むなぁ。

「おねえ様！　ラース君とハンレイ先生、どっちがいいと思う？」

突然変な質問をされ、お姉ちゃんはきょとんとした表情になる。それから何かを察したのか真剣な顔になり、出した答えは……。

「ネマならどちらでも似合うわ！」

お姉ちゃんに聞いたのが間違いだったわ。

「どちらかに絞らず、今日はラース様で次はハンレイでもいいんじゃないかしら？」

前言撤回！　さすが私のお姉ちゃん！

お姉ちゃんの言う通り、そのつど変えるのもありだよね。

じゃあ、今日は氷ばっかりだから、見た目にも暖かいハンレイ先生にしよう！

うさぎさんがハンレイ先生……うさぎさんがハンレイ先生……。

うさぎさんリュックとお姉ちゃんが作ってくれた等身大ハンレイ先生のぬいぐるみを、脳内に思い浮かべる。

「……ネフェルティマ嬢、それでいいのか？」

陛下の表情で、ソルの力をまとうことに成功したのだと覚《さと》る。

自分の両手を見ると、赤い毛並みで肉球がピンクな動物の手があった。

くそぅ……色は赤固定なのか！

でも、ちゃんと長毛のもふもふになっているようだし、色はまぁいいか。

「これじゃないと上手くできないんで」

「いや、君の発想力は凄いな」

もしかして陛下、引いてる？

「服や防具を想像するよりわかりやすいので」

私がそう言うと、陛下は納得した。

こっちの衣装、装飾の刺繍は複雑だし、防具なんて身近なものじゃないから、細部までイメージできないんだよね。

「ネマ、とっても可愛いわ！　今度、これで絵を描いてもらいましょう？」

我慢できなくなったのか、お姉ちゃんが抱きついてきて、着ぐるみの頭の部分に頬擦りをする。

「毛並みもわたくしが作ったぬいぐるみにそっくり……気持ちいいわね」

ちゃんと毛並みまで再現できているのか！　私も触りたい！

だが、この手では触れない‼　なんという拷問だ！

あ……陛下が言っていた、部分的にまとうのができるようになれば、この着ぐるみも触れるようになるのでは？

手の部分だけをなくす……なくなれーなくなれー。

「お、戻った？」

手の部分が自分の手になったので、早速頭に手をやる。

しかし、手から伝わってきたのは明らかに髪の感触。

「あれ？」

手の部分がなくなるように念じていたら、着ぐるみ自体がなくなってしまったようだ。

もう一度、うさぎさんリュックとハンレイ先生のぬいぐるみを頭に浮かべる。

ふむ。着ぐるみをまとうのはちゃんとできるっぽい。

肉球つきの両手を見て、上手くいったことを確認した。

今度、鏡の前でやってみようかな？　どんなふうなのか、自分の目で見てみたいし。

「焦らずともよい」

肉球がついた両手を眺めていたら、陛下に頭を撫でられた。だが、着ぐるみの上からなので撫でられている感覚はない。

というか、陛下！　撫でるふりして着ぐるみの毛並みを堪能しているでしょ！

今日はこれでいいと言うので、今度こそユーシェに花を差し出すために花を持とうと……と、取れないだと⁉

床に置いた花を取ろうとしたら、着ぐるみの指の部分が思ったように動かせず、細い茎《くき》を摘むことができなかった。

葉っぱならなんとか摘めたと思った瞬間に、茎から葉っぱが外れる。

見かねたお姉ちゃんが拾って渡してくれたが、この肉球グローブ、めっちゃ不便！

花の茎の部分を両手の肉球で押さえて、なんとか真っ直ぐに持つ。

「ユーシェ、これなら大丈夫でしょ？」

「ブルルッ！」

ユーシェが軽く首を縦に振ると、持っていた花の根元から氷が現れた。

スーッと上に延びていく氷。葉っぱ、花弁まであっという間に凍ってしまう。

「おぉ！」

凍ったとはいえ、氷が透明なので花の彩りはそのままだ。

「さすがユーシェ！　これをいっぱい作ろう！」

まずはお花畑エリアに雪で畑を作る。

雪は固め……というか、シャーベット状に近く、氷の花を差しても倒れないようにしてもらった。

「ワンッ！」

「ワンッ！」

「きゅーん！」

雪の畑の出現に、魔物っ子たちが我先にと駆け出す。

点々とついていく足跡。

星伍と陸星に比べると、稲穂の足跡はちょっと縦長だな。

私は自分の両手を見つめた。

手のひらには肉球。これなら、綺麗に跡がつくのではなかろうか？

試しに右手を雪の上に置く。

そして、そーっと離してみるが……なんか跡が薄い。

もう一度、今度は押しつけるようにしてみると、くっきり肉球の形に凹んだ。

「上出来！」

綺麗に押された肉球の跡に満足していると、私の横から何かが飛び出してきた。

「みゅっ！」

雪の上に着地したのは白だった。

しかし、その下には私が作った肉球があり、白のまん丸ボディーの形に上書きされてしまう。

「みゅーーー‼」

縦横無尽に雪の上を転がり回る白。

その軌跡が変な模様みたいなのは面白いけど、星伍たちの可愛い足跡まで消されていく。

そんな白に触発されたのか、青まで雪の上に飛び降り、白と同様に転げ回る。

白が描いた軌跡もぐちゃぐちゃになり、なんという諸行無常……。

「うきゅー！　うきゅっきゅっ！」

青が雪まみれの状態で一際大きく鳴いた。

「わかった」

海に何かお願いしたようだが……こいつら何をするつもりだ？

海とスライム二匹を観察していると、海は青に雪をかぶせて丸くしていく。

「ちょっと待った！」

私は急いで海を止めた。

ユーシェが落ち着いたこともあり、部屋の温度は常温に戻っているが雪は冷たい。

寒いのが苦手な海が、雪を素手で触ったら霜焼けになっちゃう！

「手、大丈夫？」

海の手を取ると、すでに指先の方が赤くなっていた。

「稲穂、おいでー」

「きゅん？」

雪の畑を駆け回っていた稲穂を呼び寄せて、海の手を温めるようお願いする。

源流の水路の段差に海を座らせ、海の膝の上に稲穂を載せた。

「海は手が温まるまで、稲穂をなでなですること！　稲穂も、海のことお願いね？」

「……うん」

「きゅっ！」

海はちょっとしょんぼりしてしまったけど、稲穂が張り切っているので、海の相手もしてくれるだろう。

私は、海を取り上げられて不満げに鳴いている白と青を宥めにいく。

「はいはい、海の代わりに私がやるから……」

雪の塊からちょこっと体を覗かせている青を、雪の中に戻して穴を埋める。

その上に白が乗って、自分にも雪をかぶせて欲しいとせがんできた。

これは……スライム入り雪だるま⁉

丸い雪が二つ重なったら、もう雪だるまにしか見えない！

どうせなら、顔と手も作ろうと思い、花を数本失敬した。

花の部分を目に、葉っぱで鼻と口を作り、茎を手に見立てて突き刺せば、可愛い雪だるまの完成！

なかなかいい出来ではあったのだが、中にいた白たちが出るとすぐに崩れてしまった。

「みゅぅぅ……」

「うきゅぅ……」

雪だるまの残骸を見て、白と青がしょげる。

私の雪の固め方が甘かったようだ。

「あとでまた作ろう？」

二匹を慰めていると、陛下から魔道具が届いたと告げられる。

二匹を連れて陛下のもとへ向かうと、箱いっぱいの灯りの魔道具があった。

「花の方も、もう少しで終わるよ」

私が魔物っ子たちと遊んでいる間に、陛下とユーシェはせっせと氷の花を作っていたみたい。

なんか申し訳ない……。

そう思っていたら、陛下は花の籠に手をかざし、魔法を放つ。

花は籠に入ったまま、表面が氷に覆われていく。

なるほど。一本ずつではなく、籠ごとだったからもうすぐ終わりそうなのか。

「うきゅーーっ‼　うきゅっうきゅっ‼」

私の手から青が飛び降りると、激しく鳴きながら陛下の前で跳ね回る。

「ん？　……魔力が欲しいのかい？」

「うきゅぅぅぅ‼」

青は体をくねくねうねらせて、おねだりをしていると思われる。

こやつ、陛下に魔力をねだるとは……。

陛下も陛下で、青にねだられたのが嬉しかったのか、手のひらに魔力を練り上げて青に差し出した。

目に見えるほどの強い魔力を簡単にコントロールしてみせる陛下は、さすが皇帝と言うべきか。

「うっきゅーーー‼」

雄叫びを上げて陛下の魔力に飛びつく青。

ママンの魔力とどっちが美味しいのかな？

陛下の魔力を体に取り込み、青はぷるぷると小刻みに震える。

そして、伸びたり縮んだり捻れたり、奇妙な激しい踊りを披露した。

このリアクションを見て確信する。ママンより陛下の魔力の方が美味しいんだと。

「ブルルルルッ！」

ユーシェが近づいてきたと思ったら、青を咥《くわ》えてポーイ！

「う、きゅううう……」

徐々に遠のく青の鳴き声のあとに、ポチャンっと水の音がした。

「青⁉」

慌てて源流の水路に駆け寄ると、青は気持ちよさげに水の中を泳いでいた。

元々、青い体色のスライムは水辺を好む。

レイティモ山では、洞窟の中にある大きな湖やコボルトたちが整えた温泉に、青系のスライムが集まっているそうだ。

それなのに、青はこちらに来てから、浴槽など限られた水場でしか遊べていなかった。

久しぶりの広い水場が心地いいのかもしれない。

ユーシェが許してくれるなら、しばらくこのまま泳がせてあげたいけど……。うっかり水路を流れていったりしないかな？

「ユーシェ！」

とりあえず、ユーシェの許可をもらおうとしたら、ユーシェがごめんねと言うように鼻先を擦りつけてきた。

「ユーシェが乱暴なことをして失礼した。あのスライムは無事か？」

陛下、口ではそう言いながら、眦《まなじり》が下がってるよ！　ユーシェに嫉妬されて嬉しいのはわかるけど‼

「はい。それで、もう少し水路であの子を遊ばせてもいいかな?」

ユーシェはちらりと水路の方を見て、短く鼻を鳴らす。

渋々感はあったけど、優しいユーシェは承諾してくれた。汚したり壊したりしないようにするからね。

◆◆◆

物が揃ったので、みんなで手分けして飾りつけを始める。

魔物っ子たちが駆け回って荒らした雪の畑を元通りにして、氷の花を刺していく。

「ネマ、そこは赤い色でまとめましょう」

「はーい」

お姉ちゃんが彩りのバランスを考えて、どの色の花をどこに刺すのか指示を出す。

白とノックスが赤い花を集め、私はそれをどんどん刺していくだけ。

簡単な作業ではあるが、着ぐるみのままだとすっごくやりづらい。

解除しようにも、お姉ちゃんにまだ着てて欲しいとお願いされたら断れないよね。

氷の木に飾る灯りの魔道具の方はパウルが指示を出し、海が水を操って魔道具を置く役をしていた。

「カイ、もう少し右に……」

「…………わかった」

なんか、高枝切りばさみで庭仕事をしている孫と、横から口出さずにはいられないお爺ちゃんみたいな光景だなぁ。

「カーナディア嬢、ここの色合いはどうする？」

「ここは淡い色で、小ぶりな花がいいと思いますわ」

陛下や警衛隊員も、お姉ちゃんの指示通りに花を刺していく。

皇帝というより、休日のパパさんになってしまっている。

ダオとマーリエも一緒にやれたらよかったのになぁ。

何百本という花を刺し終わり、雪だるまも作り直して、最後の仕上げだ。

「ユーシェ、氷の木の天辺につける星を作って！」

「ブルッ」

ユーシェは水の塊を出すと、突起がいっぱいある形に整えて凍らせる。

私がイメージしていたのは五芒星だったけど、こっちの方がギラギラ光りそう。

刺々しい星の内部に灯りの魔道具を入れると、魔道具単体よりも明るくなった気がする。

ただ、思っていたようなギラギラ感はない。外から光を当てる方がよかったか。

あとはこの星を天辺に載せるだけ。

「一番上にのせてね」

最後の仕上げだし、載せるのはユーシェに任せることにした。

ユーシェも海と同じように、水を操って星を氷の木の天辺に取りつける。

「完成！　早くサチェを呼ぼう」

源流の水路に行き、大きな声でサチェの名を呼ぶ。

「サチェー！　ここに来て欲しいな！」

さほど間を置かずに、水路の水がぼこりと盛り上がる。

そして、バサーッと大量の水飛沫を飛ばしながらサチェが現れた。

「サチェ！」

飛びつくのをグッと我慢して、ユーシェをサチェの方に促す。

ユーシェは最初、忙しなく首を振ったりして挙動不審だったが、次第にテンションが上がっていき、その場で跳ね始めた。

思い出してイラッとしたのかな？

サチェは短く鳴くと、ユーシェの首元に顔を寄せてすりすり。

さらに軽く食んでいるような仕草も。

宥めているのか、褒めているのか、どっちだろうね？

ユーシェもサチェにすりすり仕返して、互いに示し合わせたかのようにスッと距離を取る。

「サチェ、見て見て！　氷のお花畑！　サチェによろこんでもらおうと、ユーシェががんばったんだよ！」

雪の畑は美しい氷のお花畑になった。

色とりどりの花が氷をまとって輝いている。

すべて氷でできた花を色味の濃い花が囲っている一角なんかは、特に幻想的だ。

「こっちの氷の木も、キラキラしてきれいでしょ？」

灯りの魔道具の光を氷の葉っぱが反射して、イルミネーションのようにキラキラしている。

下の方がキラキラしすぎて、天辺の星が目立たないのは誤算だったけど。

「サチェどう？　あと、がんばったユーシェをいっぱいほめてあげてね」

「ブルルルル」

サチェは私にすりすりしたあと、ユーシェにももう一度すりすりする。

「サチェに喜んでもらえたようだ。ユーシェに嬉しいと言っているらしい」

陛下がサチェとユーシェのやり取りを教えてくれたので、私も一安心した。

「どちらにとってもいい経験になっただろう」

陛下曰く、聖獣同士だからと仲がいいわけでもないので、近くにいる聖獣に何かをする、されるという経験は希少なんだって。

まぁ、聖獣がこれだけ集まるのも珍しいからねぇ。

「私は戻るが、ネフェルティマ嬢たちはどうする？」

「もう少し遊んでもいいですか？」

「あぁ、構わないよ」

陛下のお許しをもらったことだし、みんなで雪遊びするぞー！

4 初代様が残したもの。視点：ヴィルヘルト

読み終わった本を閉じると、思わずため息が出た。

ライナス帝国から戻り、愛し子について再度調べているのだが、望んだ成果は得られていない。

建国の英雄と呼ばれている、ガシェ王国の立国に尽力した各公爵家と将軍家にも足を運び、初代から四代くらいまでの記録を調べたにもかかわらずだ。

執務室の扉が叩かれ、入室を許可すると、ラルフが到着したとのことだった。

「ラルフをここへ」

侍従にそう言いつけ、俺は固まった体を軽くほぐす。

「のーん！　ののの一ん！」

寝そべっているラースの周りをヒスイが転がっているが、あれはどういう意味があるんだ？

ヒスイを眺めていたら、ラルフが部屋に入ってきた。

「その前に別の報告がある。今朝、ディーをネマのところへ向かわせたから」

「そちらはどうだった？」

「ラースが言っていた件か？」

昨日、ラースがライナス帝国で騒ぎが起こっていると言ってきた。

精霊たちに聞けば、獣人たちが騒ぎを起こし、なぜか宮殿内に賊が現れて、ユーシェ殿が凄く

怒っていたと。

　そのときはすでに鎮静化しており、ネマはユーシェ殿とサチェ殿と遊んでいたが。

「うん。パウルからの報告では、イクゥ国からの難民たちが獣王様に一目会おうと宮殿に押しかけていたらしい。そこで、現地の獣人らと口論の末、暴徒化したようだよ。賊の方は捜査中とあったけど、イクゥ国の使節団の者の可能性があると書かれていた」

　ラルフは話をしながら、徐々に顔が険しくなっていく。

　妹たちの側にいられないのが悔しいのだろう。

「転移魔法陣はいつでも使えるようにしておいてやる。ディーから連絡があったら、そちらを優先していい」

　ディーが側にいないのであれば、ラルフがすぐに駆けつけることはできない。

　もし、ネマやカーナディアに何かあった際、少しでも早く二人の側に駆けつけてやれるようにしないと。

「ヴィル、ありがとう」

「どういたしまして。俺は臣下思いの王太子だからな」

　俺が軽口を叩けば、ラルフは笑いながらも返してきた。

「ヴィルが僕にいろいろ押しつけなければ、ネマたちのもとへ行けたんだけど？」

　そう言われると耳が痛いが、精霊と意思疎通ができる者は王宮では貴重だ。

　もうしばらくは、いろいろ頼むはめになるだろう。

「まぁ、今はそういう状況でないのは理解している。それで、指示されたものは書き写してきたけど、目新しいものはなかった」

ラルフには、各公爵家で保管してある書物を調べるようお願いした。

王都の屋敷だけでなく、領地に構える屋敷にも足を運ばなければならない。

それに、物によっては他家の者には見せられないものもあるだろうからと、王太子の代理権限まで与えたのだが……。

これをネマに知られたら、またラルフをこき使ってと、文句を書き連ねた手紙が届くだろうな。

ラルフからその書き写したものを受け取り、軽く目を通す。

「ヴィルのおかげで、ご先祖様方の知りたくないことまで知ってしまったよ……」

ラルフは疲弊《ひへい》した様子を見せた。

「好ましくない性癖でも書かれていたか？　それとも不義か？」

俺がそう告げると、ラルフは眉を顰《ひそ》める。

図星か。

ラルフはあの仲睦まじい両親を見て育ったせいか、男女関係の事柄に潔癖な部分がある。

俺だって、過去の王族について調べていくうちに、知りたくもないことを知ってしまったというのに。

王族すべてが清廉潔白な人物というのは幻想だ。

やらかしすぎて毒杯を賜《たまわ》った者もいれば、系譜から名を消された者もいる。

彼らの手記は、それはもう読むに耐えない内容ばかりだった。

「とは言え、オスフェ家はまだまともな方だろう」

「あー、そうだね。ワイズとディルタに比べたら、まだ大人しい方かな?」

ワイズ家は土地柄もあってか、代々女性が実権を握っている。

数代前のワイズ家の女当主は、賭博で身を持ち崩した夫を監禁して躾《しつ》け直したという逸話があるほどだ。

もう一つのディルタは、外務大臣という仕事柄、一ヶ所に留まることがない。

数代前の当主は結婚せずにあちこちに女を作り、誰とも誓約を交わすことなく、妹の子を後継ぎにした。

その後、当主の子だと、幼子を連れて押しかける女性が多くいたとか。

「でも、お祖父様とお祖母様の墓参《ぼさん》ができてよかったよ」

各領主が治める直轄領には、公爵家とそれに連なる貴族の墓所がある。

墓所の管理も領主の務めなので、オスフェ家の直轄領にある屋敷を調べるついでに立ち寄ったのだろう。

「それで思ったんだけど、身内にも見せられない手記は、霊廟に埋葬されているんじゃないかな?」

ラルフの指摘に、俺は思わず椅子から立ち上がった。

確かに、女神様のもとへ旅立つ前に、一緒に埋葬して欲しいと遺言を残す者もいる。

「……駄目元で調べてみる価値はあるか」

初代様とともに埋葬されたものは、魔法がかけられてあったとしても形を残しているかわからないが。

「父上に初代様の霊廟に入る許可をもらってくる」

「僕も、オスフェの初代様の霊廟を調べようか？」

俺は少し考えて、ラルフの申し出を受けることにした。

オスフェ家の初代、ラーイデルト・オスフェは苛烈な性格で、戦場に立てば血も涙もない無慈悲な作戦を用いて、敵兵を消し炭にしていたと言われる人物だ。

初代国王の手記には、彼の名がよく登場する。

初代国王は戦争孤児であったが、同じく孤児であったラーイデルトらと出会い、冒険者として戦場に出るようになったと。

戦争を経験したことのない俺だが、戦場のような極限下で互いに命を預けられる存在がどれほど心強いか。

特にラーイデルトは初代国王を諫《いさ》めたりしていたようで、初代国王が彼のことを兄のように慕うのもわかる気がする。

だから、ラーイデルトにしか教えなかったことがあってもおかしくない。

そして、ラーイデルトがそれを子供らには伝えなかったことも想像に容易い。

「そういえば、初代オスフェ公の霊廟はどこにあるんだ？」

「王都の屋敷の地下だよ。ギィ陛下のお近くがいいって、ご本人の希望だったって」

これだけ臣下たちに思われていた王は、初代様以外にはいないだろうな。

◆◆◆

王宮の敷地の中でも、特に人気もなくひっそりとしている場所に、王族の霊廟は建てられている。

父上から預かった霊廟の鍵を使い中に入ると、冷たく澱んだ空気がまとわりつくようで不快に感じた。

風魔法で霊廟内の空気を換気すると、少し楽になる。

改めて霊廟の中を見回す。

ここに立ち入ったのは、先代国王の葬儀以来だな。

霊廟の中は、中央奥にある女神像を除けば、飾りもなく質素な造りになっていた。

寒々しい光景に寂寥《せきりょうかん》感を覚えるのは、この空間にのまれているゆえか。

奥へ進み、比較的新しい石櫃《せきひつ》の前に立つ。

先代国王、お祖父様にはネマよりも幼かった頃によく遊んでもらっていた。

石櫃の上に花を添え、幼い頃の思い出を振り返る。

……お祖父様、気の弱そうな顔しか思い出せないな。

当時、お祖父様が何を思っていたのかはもうわからないが、この世に生まれ変わって穏やかに暮らしていることを祈る。

さらに奥、女神像の一番近くにある石櫃に足を向ける。

初代国王ギィの石櫃だ。

石櫃には何重にも魔法がかけられ、厳重に守られている。

装飾品以外の副葬品は石櫃の横にある石箱に保管してあり、こちらは少し変わった仕掛けがしてあるそうだ。

魔道具の鍵を外し、父上に教わった手順で仕掛けを動かした。

重たい音をさせながら、石箱の蓋が開く。

中身は、正直古臭いものばかりだった。

よくわからない黄色味がかった石のようなもの、今にも破れそうな手紙の束、折れた剣など、歴史的価値はあるのかもしれないが……。

その中で、異彩を放っている箱がある。

「……これか？」

箱を手に取ると、鍵らしきものはないのに開かない。魔法がかけられている様子もない。

『ヴィル、それ開ける？』

『僕たちなら開けられるよ？』

精霊たちが箱の周りを飛んだあと、そんなことを言ってきた。

「精霊術で封がしてあるのか？」

『そう！』

『だから、わたしたちじゃないと開けられないの』

『開ける？　開けてみようよ！』

箱の中身が気になるのか、わらわらと精霊たちが集まってくる。

「では、頼む」

『わたしが開けるの！』

『ぼくがやる！』

『僕も僕も‼』

誰が箱を開けるか奪い合いが始まり、しばらくして勝者が決まった。

『じゃあ開けるよー！』

水の精霊が箱に触れ、蓋を開けようとしたがびくともしない。

『おもーい！　みんな手伝ってよー！』

結局、十体以上の精霊が協力して蓋を開けた。

箱の中にあったのは二冊の本。

精霊術で守られていたからか、傷んでいる様子もない。

『ヴィル、探してたのこれ？』

『なんの本？』

中身が本だとわかり、風と火の精霊たちは興味をなくしたが、土と水の精霊は本の内容が気に

なるようだ。

土と水の精霊たちにせっつかれながら、一冊目の本を手に取る。

本の一番最初には、手書きでこう書かれていた。

『愛し子が生まれた時代の我が子孫へ』

初代様は、自分のあとにも愛し子が生まれると予想していたのか、本の内容は愛し子についてだった。

愛し子は創造の神に見初められて、この世界に生まれること。

その際、創造神様より何かお願いをされること。

創造神様の願いを叶えるために特別な力を賜《たまわ》ること。

ラースから聞いたことと同じような内容が書かれている。

これらは、初代様が直接創造神様に言われたこととある。

ある程度成長してから、お告げでもあったのかと思ったが、どうも違うらしい。

「……初代様はここと異なる世界にいた⁉」

あまりの内容に驚きが隠せない。

『知ってるー！』

『この世界以外にもたくさん世界があるの！』

『創造主様じゃない創造主様がいるんだって！』

精霊たちがどこか楽しげに告げる。

この世界、アスディロン以外の世界の存在は昔から提唱されていた。

精霊や聖獣たちが、存在を示唆するようなことを告げていたからだ。

しかし、異なる世界がこちらの世界に影響をおよぼすことはないのではなかったのか？

『ヴィル、こっちの本は何が書いてあるの？』

精霊に催促されて、もう一冊の方も開いてみる。

「これは暗号か？」

文字とも記号とも判別つかない、見たことのない形で書かれていた。

いくつも同じ形があることから、何か規則性はあるのだろう。

「お前たち、読めるか？」

『読めないよー』

『変な形してるー』

下位精霊は仕方ないとしても、中位精霊たちも初めて見る文字だと言う。

ならばとラースにも見せるが、読めないと返された。

これが文字であるなら、ルシュが知っているかもしれないと思ったが、すぐに考えを改める。

精霊や聖獣が知らないものをエルフが知っているなんてことはないだろうと。

「ラース、今から精霊宮に向かうぞ」

一冊目の本をしっかり読み込みたい気持ちはあるが、謎の二冊目の方を解読したい気持ちが勝《まさ》る。

『よいのか？　光の契約者と約束があったのではないのか？』

霊廟を調べたあと、ラルフと落ち合う約束をしていたが仕方ない。

「ラルフにこの本を見つけたことと、本について調べてくるからしばらく帰らないことを伝えてくれ」

またオリヴィエに怒られるだろうが、しばらくなら父上が仕事を肩代わりしてくれることになっているし問題ない。

『わかった！』

『ラルフに伝えてくる！』

『ディー様に会いにいこー！』

ディーに会いたいと、他の精霊たちも言伝《ことづて》を頼んだ精霊についていく。


精霊宮を隠す森に入り、精霊たちに先導してもらい入り口を目指す。

木々が密集し、壁のようになっている場所に到着すると、ラースが一鳴きする。

ラースの鳴き声に木々が意識を持っているかのように動き、さらに奥へ続く道が現れた。

『ヴィルだ！　ラース様もいる！』

『ヴィル、久しぶり～』

精霊宮に住む精霊たちが集ってくる。

それを軽くあしらいながら、門番であるコモリザエを探す。

ここに来るたびに思うが、精霊王に会うために、なぜ巨大生物の股下を潜《くぐ》らなければならないのか……。

しばらく森を歩いて、コモリザエの大きな脚を発見した。

周囲の木より太い脚に、長い首。巨大な胴体の背には、小さな茂みが生えている。

この森自体、不思議な生き物が多いのだが、このコモリザエだけはよくわからん。

ゆっくりと長い首を下ろし、感情の読めない目が俺を見つめる。

俺を認識したからか、コモリザエは興味ないと言わんばかりに長い首を戻した。

これがネマだったら違う反応を見せたのだろうか？

ラースとともにコモリザエの脚の下を潜る。

向こう側に出ると景色は一変し、木々と蔦が絡み合って作られた空間が現れる。

一段高い場所に、精霊王たちが厳然《げんぜん》とした態度で待ち構えていた。

「ヴィル、よく来た」

水の精霊王が最初に口を開いた。

「なぜ愛し子が一緒ではないのだ？　お主も気が利かぬな」

火の精霊王は俺を睨《ね》めつける。

「ヴィルが来てくれて、ぼくは嬉しいよ！」

「私も嬉しい」

風の精霊王と土の精霊王は純粋に歓迎してくれた。

「して、何を聞きたい？」

俺は持ってきた本を差し出す。

ふわりと風が舞い、本が浮き上がると、精霊王たちのもとへ飛んでいく。

土の精霊王が真っ先に手に取り、本を開いた。

「その文字、もしくは暗号に心当たりはありませんか？」

「見たことない文字だ。この本はどこで？」

博識な土の精霊王ならと思っていたが、駄目だったか。

「ガシェ王国初代国王ギィとともに埋葬されていました。聖主の正体を追っているうちに、愛し子について気になることがありまして……」

カーリデュベルから聞き出した聖主のことを説明する。

「我らが創造主様の名を騙《かた》る不届者か！」

火の精霊王が、真っ赤な髪を炎のように揺らめかせながら怒りをあらわにする。

以前より、聖主やルノハークのことは精霊王たちにも報告はしていた。

精霊王ならば、聖主の正体を調べることができるかもしれないと考えてのことだった。

しかし、この世界中にいる精霊たちは真名を呼ばれない限り、変な服を着た人やお店の人といった漠然とした覚え方しかしておらず。

だから、聖主と呼ばれている者を探して欲しいとお願いしても、彼らが答えを持ってくることはなかった。

「聖主は、愛し子に似た力を持っているのではないのかと思い至ったわけです」

なぜ精霊たちが聖主を探せなかったのか。

聖主は精霊を見聞きすることはできないのに、精霊に話しかけていたこと。

ラルフが目撃した仮面の人物が精霊に命じていたこと。

つまり、ネマのような存在がもう一人いる。

「愛し子が生まれれば、私たちにはわかる。ネフェルティマ以外の愛し子はいない」

「ではなぜ、聖主と思われる人物の命令を精霊が聞いたのです？」

精霊王たちは聖主の命令を聞いた精霊を呼び出し、理由を問うた。

精霊たちは、聞いてあげなきゃと思ったそうだ。

「それは、愛し子のときとどう違う？」

聖主と遭遇した精霊に、今度は俺から問う。

『愛し子はお願いされなくても何かしてあげたいって思うの』

『せいしゅって人はお願いされなかったら他の人と同じだよ』

つまり、何かお願いされることで、精霊が聖主を認識できるようになるということか？

「アクディーン、ウィーゼ。その聖主を見ることはできる？」

土の精霊王が尋ねるも、水と風の精霊王は首を横に振る。

「小さいのが認識している状態でないと判別ができない」

「ぼくも無理。真名がわかればすぐ見つけられるのにねー」

この不可思議な状況に、精霊王たちも困惑を隠せないようだ。

「それで、聖主の力が何かを調べるために、ギィの私物を探したんだね？」

土の精霊王は、この本以外にもあるのだろうと目で訴えてくる。

なのでもう一冊も精霊王へ渡した。

精霊王たちは二冊の本を回し読みし、意見を交わし合う。

「ヴィル、こちらに書かれている内容は概《おおむ》ね事実だ」

水の精霊王は、初代様が書いたと思われるラーシア語の本を示す。

「そして、ギィが異なる世界の記憶を持っていたというのが事実であれば、こちらの本は異なる世界の言語で書かれたものだろう」

事実であればと口にしていても、精霊王たちはその内容を事実だと信じているように思えた。

「異なる世界の存在は、この世界に影響しないというのは偽りだったのですか？」

「前にセリューノスにも言ったけど、愛し子は理《ことわり》から外れた存在なんだ」

土の精霊王は、理から外れているから影響はないと言いたいのか？

だとしたら、俺は同意しかねる。

ネマが世界の理から外れていようとも、確実に存在している。

そして、自身の行動力、実家の権力を使って様々なことを主導し、今なおその余波は広がっているのだから。

「グノーがもったいぶった言い方するから、ヴィルが勘違いしているよ。ヴィル、グノーの話は真面目に聞いちゃだめだ」

風の精霊王にそう言われ、土の精霊王が不機嫌そうに顔を顰《しか》めた。

「理の外にいるからこそ、愛し子は創造主様がお創りになられたこの世界に影響をおよぼせる」

ようは逆だと言いたいのだな。

理の内にあれば、世界にとってそれは現象にすぎず、何か変則的なことが起きても調整なり修正が利くと。

本来、精霊や聖獣も世界の理の内にある存在だ。

「ネマを挟むことで、理に外れたことを内に入れられる、ということですか？」

精霊王たちは正解だと言うように微笑む。

聖主が愛し子に執着する理由……。

精霊や聖獣を従えることができるからだと思っていたが、聖主がこのことを知っていたとしたら？

他の種族よりも人が優位に立つことを世界の理にしようとしている、ということも考えられる。

だが、聖主はどうやってそれを知りえた？

「愛し子が生まれ変わり、ギィのように記憶を持っているとしたら？」

「ありえぬ」

水の精霊王が断言する。

「死者の魂がクレシオール様のもとで癒やしを受ければ、記憶も浄化される。もしこの世に前世の記憶を持つ者がいるとしたら、創造主様が直接送り出した魂だけであろう」

直接送り出した魂……つまり、精霊王や聖獣だけということか。

「我らとて、先代の精霊王の生まれ変わりではないぞ？　異なる個体が歴代の精霊王の記憶を引き継いでいるだけだ」

「記憶を引き継ぐ……創造神様であれば、魂に記憶を移すことができるということですか？」

俺の問いかけには火の精霊王が答えた。

「妾《わらわ》たちに施してあるのだから、可能であろうな」

ラースの契約者となってから、幾度となく精霊王らと対峙してきたが、彼らのことをさほど理解していなかったのだと痛感する。

聖獣の契約者として、俺がしっかりと知識を持っていれば、防げた被害があったかもしれない。

「それに、理の外にいる愛し子が、役目を終えたからといって理の内に入れるのかもわからない」

土の精霊王の言葉にはっとする。

愛し子は死んだあと、クレシオール様のもとへ行けない可能性もあるのか⁉

だとしたら、この世界で生まれ変わることはできない。

ネマは……もしネマが死んだら、その魂はどこへ行くんだ？

初代様も……異なる世界から来たギィの魂はどこへ行ったのだろうか？

「ヴィル。君は風の子なんだから、もっと視野を広げようよ！　もしかしたら、この本に何か書いてあるかもしれないよ？　風はどこにだって行けるんだから、縛られちゃだめだ」

風の精霊王なりに慰めてくれているのだろうが、水の精霊王が呆れた顔をしている。

「ウィーゼもいいことを言う。アクディーンやグノーアスのように、窺《うかが》うばかりでは勝機も失うだろうて」

火の精霊王が愉快げに笑う。

火の精霊と風の精霊は活発なところがあるが、精霊王たちも同じだな。

まぁ、活発と言うより好戦的な感じはするが……。

「ぼくからヴィルに助言！　ギィが異なる世界の言語で書き残したのなら、それを読める人がいることを想定していたんじゃないかな？」

風の精霊王は謎の文字で書かれた方の本を浮かして、パラパラと風で捲《めく》ってみせた。

読める人か……。心当たりは一人いる。

「ありがとうございます。心当たりがあるので、これから向かいます」

精霊王たちに礼をすると、水と土の精霊王はまた遊びにこいと言ってくれた。

「次は愛し子を連れてくるのだぞ。でないとここには立ち入らせぬからな」

火の精霊王のこの態度は既視感がある。

……オスフェ家の面々と同じだからか。

5 もたらされたものは……。視点：ヴィルヘルト

精霊宮を辞したあと、俺はライナス帝国の帝都へと急いだ。

精霊たちに俺がこれから行くことを伝えてもらったから、問題なく入れると思うが……。

ラースの姿を見られると騒ぎになるので、帝都の郊外で一度降ろしてもらう。

『では、我は上にいる。坊、気をつけるのだぞ？』

「わかっている。いつまでも幼子扱いするな」

『坊も愛し子と変わらぬ』

言いたいことを言って空へ飛び立ったラースの影を、地上から睨む。

ラースの奴め！　俺がネマと同じだと？

まぁいい。今は先を急ごう。

外套を深くかぶり、帝都へ続く道を歩く。


帝都内に入り、辻馬車でエルフの森の近くまで向かった。

道中の帝都内は相変わらずたくさんの人で賑わっている。人だけでなく獣人の姿も多く、様々な種族が集まっていた。

どこかお祭りのような雰囲気が流れており、そういえばと思い出す。ライナス帝国に、獣王と

イクゥ国の使節団が来訪していることを。

目的の停留所で辻馬車を降りるとき、御者の男に声をかけられた。

「兄さん、帝都のもんじゃないだろ？」

「あぁ」

旅の装いをしていないのに他所者と思われたということは、俺が周囲から浮いているのかもしれない。気をつけるか。

俺が肯定すると、御者の男は声を落として続けた。

「獣人の多い地区には近寄らないことだ。荒事に巻き込まれるぞ」

ここ帝都の治安は、ガシェ王国の王都よりもいい。

長きにわたる同一血統かつ、聖獣の契約者による統治で、国が安定しているからだろう。

多民族国家の統治は難しい一面もあるが、治安維持にエルフ族を起用したことで、精霊の協力を得られるようにしたのも治安のよさに繋がっている。

「イクゥ国から獣王様が来ているからか？」

「それもあるが、悪さをしているのはイクゥからの難民たちだ」

ガシェ王国以上に、イクゥ国の難民が流れていたのは知っていた。

難民であっても生活に困ることがないようにと、その多くをロスラン計画の整備に雇い入れていると聞く。

すべてを受け入れられるわけではないので、職に困っている者たちが帝都に集まってきているのか。

「わかった。獣人には気をつける」

忠告してくれた御者に礼を言い、別れた。

エルフの森の外周を歩き、門番をしているエルフを探す。

このエルフの森は出入り口が小さく、不定期で場所も変わるため、門番が目印になる。

赤髪のたくましい男が二人立っているのをようやく見つけた。

火の精霊と親和性が高いジュゼ族の者だ。

俺が彼らに声をかけるよりも、周囲を漂っていた精霊たちの方が早かった。

『ヴィルだー！』

『なんでここにいるの⁉』

『遊びにきたんだよな！』

風の精霊は俺が帝都に来たことを知っているが、他の精霊たちがうるさい。

『ヴィルがいるってことはラース様もいる！』

『愛し子はいっしょじゃないの？』

『ラース様のとこへ行こうぜ！』

突風が吹き上がり、上空にいるラースのもとへ精霊たちが飛んでいく。

門番のエルフに視線を戻すと、彼らは相好を崩していた。

生き物を前にしたネマや、ネマを前にしたオスフェ家の面々がよくこうなるので、俺は見なかったことにする。

軽く咳をして、彼らの注意をこちらに向ける。

「失礼いたしました。どうぞお通りください」

本来、エルフの森に入るには認められた者の証を示すか、エルフ族からの紹介状がなければ入れない。

　今回は精霊経由で事前に長へ取り次いでいたこともあり、精霊が俺だと認めたから通してもらえたようだ。

　四つん這《ば》いになって、小さな出入り口を進む。

　精霊は人を潜らせるのが好きなのか？

　そんなことを考えていると、立ち上がれる広さがある場所に出る。

「お待ちしておりました」

　以前にも案内役としてついたジュゼ族の男がいた。

「地下の賢者にお会いしたい」

「畏まりました。殿下のご用件がお済みになりましたら、お時間をいただきたいと長より言付かっております」

「わかった。地下の賢者のところから戻ったら伺う」

　ジュゼ族の男は俺に一礼すると、こちらにと促した。

　男の後ろをついていくと、一部が黒く塗り潰されたような闇が現れる。

その闇は足元から俺を呑み込んでいった。

動かずにいたら、周囲の気配が変わる。

ジュゼ族の男の姿が消え、辺り一面は暗闇に。

自分の姿と精霊だけが目に映るすべてだった。

「火の精霊たち、灯りを頼めるか？」

俺は風属性しか持たないので、他の属性を使う場合は精霊に頼るしかない。

『いいよー』

『どれくらい？　いっぱい？』

「少しでいい。足元が見えれば十分だ」

発光《はっこう》火《か》よりも弱い光を放つ玉が四つほど浮かび、俺の周りを漂う。

「では、地下の賢者のもとへ案内してくれ」

精霊たちが集い、進むべき方向を示す。

何が楽しいのかわからないが、笑い声をあげて、みんな上機嫌だ。

精霊たちに導いてもらい、地下の賢者が住まう家が見えてきた。

円錐形の家は蔦に覆われていて、ここがエルフの森でなかったら廃屋と間違えそうな外観をしている。

扉を叩き、名を告げると、すぐに開かれた。

「お待ちしておりました。さぁさぁ、中へどうぞ」

「急に失礼する」

出迎えてくれた地下の賢者は、家の中でも外套をかぶり、一見すると性別もわからない怪しい人物のようだ。

だが、彼女は初代様の仲間であり、命を救ってもらった恩人だ。

案内された先の席には、すでにお茶とお菓子が用意してあった。

どうぞと勧められるが、すぐには口をつけない。

毒味役がいないときは、精霊が問題ないと判別したものしか飲み食いしないようにしているからだ。

「貴女にこれを見てもらいたくて来た」

「これは……」

俺がラーシア語で書かれた方の本を差し出すと、彼女はゆっくりと中を開いた。

「懐かしい……ギィの字だわ」

「間違いないか？」

「ええ。ギィは字を繋げて書く癖があるの」

彼女は、優しく文字をなぞる。

「ほら、ここ とか。全部一筆書きになっているでしょう？」

彼女が示した部分の文字は、切り離して書くべき字が繋げて書かれていた。

確かに、少し珍しい書き方だ。

そして、もう一冊の謎の文字が書かれた方を彼女に渡す。

「貴女はこれが読めるか？」

「いいえ。でも、どうしてこれを？」

俺は、これまでの経緯を彼女に説明する。

「こちらを読ませてもらってもいいかしら？」

俺が承諾すると、彼女はラーシア語で書かれた方を静かに読み始めた。

彼女の邪魔にならないよう、俺は音を遮断してからお茶を飲む。

……お茶が冷《つめ》たい。時間が経って冷《さ》めたというより、冷《ひ》やしたような冷たさだ。

『ヴィル、ふーふーしておいたよ！』

『熱いとやけどしちゃうもんね～』

精霊たちの仕業だったか。

俺がすぐに飲まなかったのを、熱いからと勘違いしたようだ。

それで少し温度を下げるのではなく、キンキンに冷やすのがこいつららしい。

しばらく精霊の相手をしながら、時間を潰す。

『あ、落ち子がヴィルを呼んでるよ？』

「落ち子？」

聞きなれない言葉に、その意味を問う。

『あの子のこと』

『名を自分で消したから、ぼくたちは呼べないの』

落ち子が彼女を示しているのはわかる。その言葉の由来や本来の意味を知りたかったのだが……まぁいいか。

おそらく、彼女が以前言っていた、エルフの掟を破ったことに関係があるのだろう。

しかし、名を消すほどのこととなれば、無闇に聞き出すわけにはいかないな。

遮断していた音を戻し、彼女に声をかけた。

「読み終わったか？」

「えぇ。いろいろと納得しました。ギィには、異なる世界の記憶があったのですね」

当時を思い出しているのか、彼女はどこか遠くを見つめる。

そして、当時のことを語り始めた。


初代様と彼女の付き合いは、初代様が冒険者になった頃から始まった。

そのときにはすでに、オスフェ家初代のラーイデルトとワイズ家初代のケイが侍《はべ》っていたそうだ。

「ギィは不思議なことをよく口にしていたわ。魔道具が何かに似ているとか、聞いたことのない言葉とか」

そんなところもネマと似ているのかと思った。

ネマの変な言葉を、精霊たちが面白がって使っているしな。

「異なる世界のことを言っていたのね」

初代様は読み書きができず、ラーイデルトに教わっていたらしい。

あの癖字も、何度もラーイデルトから注意を受けていたそうだが、結局直らなかったと。

「この文字を書いているところも見たことあるわ。急いで書きつけるときは、この文字を使っていたの」

この世界で例えるなら、神代語《しんだい》しか使えない状況で、とっさにラーシア語が出るようなものか？

異なる言語を一から学ぶのは大変そうだ。

しかし、ギィの直筆だと確証が得られてよかった。

「こうして見ると、ギィの癖字は異なる世界の文字からきていたのね」

彼女の指摘に、二冊の本の文字を比べてみる。

確かに、異なる世界の文字は、いくつかの字を連続してくっつけているように見えた。

「この文字の読み方を教わったりはしなかったか？」

「わたしがいたときは誰も教わってないわね。これに書いてある通りなら、愛し子は読めるんじゃないかしら？」

想定していた答えが返されたのに、落胆している自分がいた。

わずかにでも期待していたのだろう。彼女がこの異なる世界の文字が読めることを……。

「これ以上、ネマを厄介事に関わらせたくないんだがな」

「でも、ギィがこうして残しているってことは、愛し子が知るべきことが書かれているんだと思うわ」

やはり、ネマに読ませるしかないか。

「助かった。ネマにこれを読ませたら、また訪ねてもいいだろうか？」

きっとネマも、初代様のことをいろいろと聞きたくなるはずだ。

「もちろん、愛し子ならいつでも歓迎よ」

このあと長と会うことを告げたら、彼女が長のところへ送ってくれると言う。

お言葉に甘えて送ってもらったのだが、行きのときのように闇に呑み込まれたと思ったら、闇が消えると目の前に長がいた。

まさか長の真ん前に送られるとは思わなかった。

俺はかなり驚いたのに、この森の長は驚くことなく挨拶してくる。

「お時間を取っていただき、ありがとうございます。実は、殿下に相談したいことがございまして……」

俺に相談？　ネマのことか、それともこの長の孫だというエルフの治癒術師のことか？

「赤のフラーダという冒険者をご存じでしょうか？」

「あぁ。彼らには世話になったことがある」

長の口から出たのは、ネマでも孫でもなかった。

ここで赤のフラーダの名を聞くとは驚きだ。

レニスで行われたコボルトの討伐に彼らが参加しており、そのときに声をかけた記憶がある。

今、ガシェ王国内で一番勢いのある冒険者と言ってもいいだろう。

「彼らが愛し子を害しようとしている者を見たと……」

「それは本当か？」

詳しく話を聞こうとしたら、エルフの森で赤のフラーダを保護していると言われた。

「どうやら、彼らをつけ狙う者がいるようで」

見つかったかして、始末されそうになったということか。

彼らに直接会いたいと伝えると、ここに呼んでくれることになった。

しばらく待つと、長の部屋に赤のフラーダがやってきた。

「久しぶりだな、赤のフラーダ」

「ヴィルヘルト殿下っ!?」

先頭の青年が俺に気づき、即座に膝をついて敬愛の礼を執《と》る。

後ろの者たちがそれに倣《なら》う中、氷熊《ひゆう》族の獣人だけが困惑した様子で立っていた。

仲間が慌てて獣人にも礼を執るよう促すが、俺はそれを制止する。

獣人の彼は確か、以前立ち寄ったことのある、ライナス帝国の山脈近くの村出身だったはず。

ガシェ王国式の作法に馴染みがないのだろう。

「構わん。皆も楽にしてくれ」

立ち上がるよう促し、長が用意してくれた席に移動する。

そして、彼らの名前を教えてもらった。

「さて、ネマを害しようとしていた者がいると聞いたが、最初から説明してくれるか？」

「もちろんです」

赤のフラーダの長、ユーガ殿が丁寧に説明してくれた。

時折、氷熊族のラック殿や治癒術師のシャーリン嬢が補足する。

彼らの話によると、獣人が多く立ち寄る店で、ネマをさらって誰かとの交換を持ちかけるといった会話が聞こえたそうだ。

それを提案した人物は獣人で、その者は番《つがい》を探していたそうだが、見つけられなかった。

だから、ライナス帝国の国賓であるネマを狙おうとした。

それらのことから、その者の番が囚われていると推察できる。

獣人の相手をしていた人物は、ネマをさらうことに反対し、番のことも諦めろと獣人に諭したそうだ。

しかし、その人物が反対していた理由は、俺が思っていたのとは違っていた。

さらうのは今ではなく、準備が整ったらという発言をしていたということは、ネマをさらう計画自体はあるということ。十分に警戒すべき内容だ。

「以前、ラルフリード・オスフェからルノハークという組織の話を聞いただろう？　覚えているか？」

そう尋ねると、彼らはどうしていいかわからないといったふうに、お互いを見合う。

『赤のフラーダのユーガって、名に誓っているよ？』

『ディー様の契約者との誓いだね』

『言わないって誓ってる！』

精霊たちが、ラルフと赤のフラーダとの間に、名をかけた誓いがあることを教えてくれた。

ルノハークの件を他言しないよう誓わせていたようだ。

「俺に告げると誓いは破られるか？」

『んー、大丈夫！』

『あ、でも、おじいちゃんが聞くのはだめー』

おじいちゃんって、この森の長のことか？

これだけ大きなエルフの集団を率いる長を、おじいちゃん呼びする精霊たち。

まぁ、精霊を信仰するエルフにしたら、名誉なことなのかもしれないが。

「長殿、名に誓った内容を話したいので、少し席を外してもらえるだろうか？」

「もちろん、構いませんよ。お話が終わった頃にお持ちするお菓子を用意してきましょう」

そういえば、長は以前もネマの魔物たちに餌付けしていたな……。

大量の菓子を持ってこられても困るので、ほどほどにするよう精霊に伝言を頼んだ。

俺と赤のフラーダだけになり、もう一度ルノハークについて知っているかを聞く。

「俺に話しても誓いは破られないので安心してくれ」

そう言うと、一瞬、ユーガ殿の力が抜けた。

「魔物の異常発生が人為的に起こされたもので、それに関わっている組織がルノハークだと」

ユーガ殿はレニスでのコボルト討伐後、ルノハークについて調べようとしたそうだが、名に誓ったこともあり、なかなか情報を集められなかったらしい。

そして、創聖教が人をさらっていた事件や魔物退治が制限されたことから、国が動いていると確信し、下手に首を突っ込まない方がいいだろうと判断したとのこと。

彼の判断は正しい。

動き次第では、彼らがルノハークだと疑われる可能性もあっただろうからな。

「そのルノハークの首魁《しゅかい》が、ずっとネマのことをつけ狙っている。ライナス帝国にやったのも、宮殿の方が警備が厚く、常に聖獣がいるからガシェ王国にいるより安全だという理由でだ」

「じゃあ、俺たちが見た人物もルノハークだったと？」

ユーガ殿の言葉に俺は頷いた。

「おそらくそうだろう。それに、少し前にルノハークの拠点を一つ潰して、そこにいた者を全員捕縛した。囚われている番とやらが、その中にいるのかもしれん」

しかし、気になる点がある。

捕らえたルノハークに獣人はいない。

他種族が番の場合もあるので、問題の人物の番がいる可能性はあるにはあるのだが……。他種族は人より劣っているという思想を持つ者が、獣人と男女の関わりを持つだろうか？

「それなんですが……俺たちが見た獣人は獣王かもしれないです」

とんでもないことを告げられ、とっさに言葉が出なかった。

「……どういうことだ？」

「ラックが白い髪と黒い尾羽根を見たと」

問題の獣人の特徴だとしても、俺にはそれが獣王と一致するのかわからない。獣王に関しては、女性で鳥の獣人としか知らないからな。

「精霊たち、ユーガ殿が言っている特徴は今代の獣王と一致するか？」

『合ってるよー』

『今の獣王は鵬《ほう》族だからね』

『全部の色を持ってるの！』

鵬族の獣王……確か何代か前の国王がお会いした記録があったな。それには、祝いの六色の羽根を持った種族だと書かれていた。

もし獣王がルノハークと関わりがあるのなら、先日の騒ぎも何か企みがあってのことかもしれない……。

すぐにセリューノス陛下へ伝えないと、ネマが危険だ。

「あと、こちらも」

ユーガ殿が卓の上に何かを置いた。

ユーガ殿曰く、もう一人が身につけていた衣装の留め具だとか。

それを手に取り、よく見てみると、何かの紋章が刻まれていた。

「家紋のように見えるが、ガシェ王国のものではないな。詳しい者に調べさせよう」

これもセリューノス陛下に届けた方が早いな。

実物を陛下に届けるとして、こちらでも調べたい。

「絵心がある者がいたら、この紋章を写してくれないだろうか？」

美術品に関係することは教養として学んだが、俺は物心ついてから一度も絵を描いたことはない。

幼い頃も外で遊んでいた記憶しかないので、室内で大人しく絵を描いていた、なんてこともなかったのだろう。

「絵心と言えば……」

ユーガ殿や他の面々の視線が一人に注がれる。

「カル、描けるか？」

カルと呼ばれた青年は小さく頷いた。

顔の下半分を隠しているので訳ありかと思ったが、どうやら人見知りで寡黙な性格のようだ。

セイラ嬢がカル殿に紙と筆記具を渡す。

紋章を写してもらっている間に、俺はどうやって届けるかを思案する。

外へ繋がる窓でもあれば、ラースや風の精霊の力を使って届けてもらうことができる。だが、エルフの森は木々に覆われており、外に繋がっているのは煙突くらいしかない。

小型の転移魔法陣も手元になく、シーリオに言って、こちらで活動している情報部隊の騎士と接触するか……。

『上手だねー』

『僕たちのことも描いてくれないかなぁ？』

カル殿の手元を覗く精霊たち。

そんな精霊たちの姿を見て、ある方法を思いつく。

俺は赤のフラーダに一声かけて、長を探しに出た。

探すとは言っても、精霊に案内してもらうので手間はかからないが。

精霊のあとを追って進んでいると、ちょうど長と出会《でくわ》した。

「何かご入用ですかな？」

精霊に聞いて、俺が探していることを知っていたのだろう。

俺は、赤のフラーダとの話がもう終わることと水が欲しいことを告げた。

「では、お茶とお菓子もお持ちしましょう」

「言っておくが、俺はネマのようにたくさん食べたりしないからな」

念押しをすると、長は一瞬だけ悲しげな表情を浮かべる。

それが、祖父である太上《だいじょう》陛下の顔とかぶって見えた。

どうして年寄りはこうも食べさせたがるんだ？

「その分、ご令嬢方に振る舞ってやれ」

女性なら甘いものは好きだろうと続ければ、長はすぐに機嫌を直した。

「それと、しばらく赤のフラーダをここで匿《かくま》ってもらいたいのだが？」

「ええ、構いませんよ」

長と会話を終えて元の部屋に戻ると、ちょうど紋章の写しが描き上がったところだった。

「ほう、見事だな」

留め具に刻まれた紋章と同じものが、緻密に描かれていた。

「お褒めいただきありがとうございます」

カル殿は軽く頭を下げ、ユーガ殿が代弁する。

留め具と写しを受け取り、まずは精霊たちにセリューノス陛下への伝言を頼む。

ネマを狙う不審な人物と、その人物の手がかりがあると。それを届けたいので、ユーシェ殿の力を貸してもらいたいとも。

水の聖獣であれば、水の中を自由に行き来することができる。

紋章の写しも、セリューノス陛下に頼んで我が国へ送ってもらえば、ユージンがどうにかするだろう。

紋章の写しにユージンへの指示を書き、セイラ嬢から譲ってもらった紙にセリューノス陛下宛ての手紙を書いた。その手紙で留め具を包む。

あとはユーシェ殿が取りにきてくれるのを待てばいい。

しばらくして、長がお茶とたくさんのお菓子を持ってやってきた。

女性陣は予想通り、たくさんのお菓子にはしゃいでいる。俺の分も遠慮なく食べてくれ。

俺が頼んだ水は、水差しで用意されていた。

少し悩んだあと、セイラ嬢が土属性だったことを思い出し、魔法で器を作るようお願いする。

「小さくてもよろしいですかぁ？　今はこれだけしか持ってなくてぇ」

セイラ嬢は小さな袋を取り出す。

土属性の魔法を使う冒険者や騎士は、いざというときのために砂を常備している。

野外であれば、それこそ地面の土が使えるので問題はないが、一瞬が命取りになるような緊急時には手持ちの砂を変化させる方が早いのだ。

「あぁ、問題ない」

セイラ嬢が作り出した器に水を注ぐ。

注いだ瞬間に水が大きく膨張し、その塊からユーシェ殿が現れた。

突然、水の聖獣が現れたことで、赤のフラーダの面々は驚いていた。

しかし、ユーシェ殿は気にすることなく、明らかに不機嫌といった様子でこちらを睨んでくる。

『早く用件を言えだってー』

「申し訳ないが、こちらをセリューノス陛下に届けていただきたい」

留め具と手紙、紋章の写しをユーシェ殿に差し出す。

ユーシェ殿はそれを水で包むと、一鳴きして水の中に戻っていった。

『お前のためじゃないからな、だってー』

それを聞いて思わず笑ってしまう。

これが他の聖獣、ラースやサチェ殿なら何も言わずに去っていくのに、ユーシェ殿は何か言わずにはいられないのが可愛らしい。

6 見る大陸ツアー！

慌ただしかった次の日。

うっすらと予想はしていたけど、外出禁止令が出された。

まぁ、宮殿の前で暴動が起きるわ、輝青宮に賊が現れるわで、致し方ないことだと割り切る。

お姉ちゃんも学術殿を休んでいるので、今日は姉妹水入らずでまったり過ごそう！

朝食を食べて、お姉ちゃんとおしゃべりをする。

学術殿で何をやっているのか、どんな人とお友達になったのか、今度はどんな魔道具を作るのかなど、話題は尽きない。

「主、ディー殿がこちらに来るそうだ」

ソファーで寝転がっていた森鬼が起き上がり、突然そんなことを口にした。

「えっ!?　ディーが来るって、おにい様が来るってこと？」

「いや、ディー殿だけだと言っている」

精霊が教えてくれているようだ。

でも、なんでディーだけ??　お兄ちゃんが一緒じゃないって、もしかしてまたヴィにこき使われてる？

「パウル、ディーが食べられるものを用意してちょうだい。ネマ、一緒にディーをお出迎えしましょう？」

ディーが来ると聞いて、お姉ちゃんが張り切りだす。魔物っ子たちも嬉しいと、尻尾をブンブン振り回している。

「あとどれくらいで着くの？」

「もうライナス帝国には入っているから、すぐじゃないか？」

森鬼のその返答に、お姉ちゃんは私の手を取り、ベランダへと直行した。

ぼーっと空を眺めて、どれくらい経ったかな？

「ネマ、あれじゃない？」

お姉ちゃんが、一番星のようにキラリと光るものを指差す。

それは徐々に大きくなると、肉眼でもディーだとわかるようになった。

「ディー‼」

大きく手を振れば、ディーが速度を上げてこちらに飛んでくる。

ベランダにふわりと着地した瞬間を見逃さず、私はディーに抱きついた。

ここに来るまで、お日様をいっぱい浴びたのだろう。天日干ししたお布団のような、懐かしい匂いに包まれる。

ディーはヴルルルルと重低音な喉鳴らしをして、頭を擦りつけてきた。

「心配したと。主の兄も来たがっていたが、やることがあるからごめんねと言っていたそうだ」

森鬼がディーの言葉を伝えてくれた。

昨日の件がお兄ちゃんの耳に入ったのか。

パウルがパパンに報告しているだろうから、遅かれ早かれお兄ちゃんも知ることになるんだろうけど……お兄ちゃんの行動が早くてびっくりだよ。

それよりもだ！

お兄ちゃんのやることってもしかして……。

「ディー！　おにい様、ヴィにこき使われてない？」

「がう」

短く鳴いたあと、グルルと長めに鳴いて、森鬼に何かを伝えている。

すっかり通訳役が板についてしまった森鬼。ディーの鳴き声を真剣に聞いていた。

でも、ディーの鳴き声を訳すのは精霊だよね？

「大丈夫。主の兄が夜更かししそうなときは引っ張って寝台まで連れていってると」

そういえば、ディーがまだスノーウルフだった頃に、私も裾を引っ張ってベッドまで連れていかれたことがあったなぁ。

お兄ちゃんも似たようなことをされているのか。想像しただけでも可愛いんですけど‼

「ディー、偉いわ！　ディーが側にいてくれたら、お兄様も安心ね」

お姉ちゃんがディーを偉い偉いと褒める。

そしてお姉ちゃんも、ディーにベッドまで強制連行されたことがあるらしい。

確かに、お兄ちゃんよりお姉ちゃんの方が夜更かしの頻度は多そうだもんね。

それから、私たちは室内に戻り、魔物っ子たちはディーの来訪を大歓迎で迎えた。

尻尾を振り回しすぎてちぎれないか心配だ。

「そうだわ！」

お姉ちゃんがいいこと思いついたと、両手を合わせる。パンッていい音したなぁ。

「お兄様が今何をしているのか、ディーの力でちょっと覗いてみない？」

お姉ちゃんの提案に、凄く興味を引かれた。

覗くという、いけないことをする高揚感みたいなものがある。

早速、寝室を真っ暗にするため、スピカとシェルが窓に暗幕を張る。

ディーの能力が判明してから、王都にいる家族とテレビ電話をするために、パウルにお願いして購入してもらったのだ！

ラース君がいないと音声のタイムラグが発生する問題は解消されていないけど……。

あれ、うがーって叫びたくなるくらいストレスになるから、どうにか改善したいんだよね。今のところ、精霊たちに頑張ってもらうしか方法はなくて。

「では、ディー。お兄様を映してくれる？」

「がうっ！」

ディーも楽しんでいるのか、尻尾をゆっくりと左右に振りつつ、おでこの透明な角が淡く輝き始めた。

寝室の壁が明るくなり、徐々に映像が鮮明になる。

お兄ちゃんは自室にいた。

てっきりヴィにこき使われてるかと思ったけど、ちゃんとお休みをもらえているようだ。

お兄ちゃんは机に向かっており、机の上には古びた本が山積みになっている。

何か勉強でもしているのかな？

「ディー、もっとお兄様に近づいて」

お姉ちゃんがそう言うと、映像はどんどんお兄ちゃんに近づく。

「何か読んでいるみたい……手紙のようね」

確かにお兄ちゃんは紙を手に持っている。残念ながら、内容までは読み取れない。

「恋文かしら？　ついにお兄様にも気になる女性が！」

お姉ちゃんが興奮気味にまくし立てる。

ら、ラブレターだと!?　どこの誰だ！　うちのお兄ちゃんは嫁にやらんぞ‼

お兄ちゃんは手紙をしまうと、机にある本を読み始めた。

すぐに返事を書かないってことは、お兄ちゃん的にどうでもいいご令嬢からだったのかな？

しばらくお兄ちゃんを眺めていたけど、ひたすら本を読むだけで何も代わり映えがしなくなった。

本を読む姿も格好いいけど……。

「お兄様を見るのに飽きたわ」

そう。変化がなさすぎて飽きる。

「ネマはどこか見たい場所はあって？」

「うーん……あっ！　シアナ特区やレイティモ山のみんながどうしているか見たい！」

コボルトやゴブリン、スライムたちがどうしているか、魔物っ子たちも楽しめると思う。

「いい案ね！」

お姉ちゃんが同意してくれたので、まずはシアナ特区から見てみることにした。

映像がぶれて、再び焦点が合うと、町の光景に変わる。

武器や防具を身につけた人がたくさんいることから、シアナ特区の現在の光景なのだろう。

温泉がどうなっているか確かめたいけど、入浴している人もいるだろうし、今日は我慢する。

ロタ館の食堂も多くのお客さんで賑わっていて、私がお願いした呼び出しボタンもちゃんと設定してあった。

「ヒールランとベルおねえさんはどうしているかな？」

今度は事務所のような場所が映り、何やら会議中な様子。

上座の方にヒールランとベルお姉さんが座っていて、他は各組合の担当者とかかな？

ここで私は気づいた。精霊に声を届けてとお願いしていなかったことに！

「精霊さんに声を届けてもらうの忘れてた……」

「このままでもいいと思うわ。会話まで聞いたら、実際に会ったときに勘づかれてしまうもの。でも、ネマがちゃんと知らないふりができるなら、大丈夫かもしれないわよ？」

「うん、無理！」

絶対、うっかり口にするって断言できるね！

バレる危険は最小限にしようということで、精霊たちにも口止めをしておく。

精霊たちの反応がわからないので森鬼に聞いたら、嬉しがっていると言われた。

口止めされるのが嬉しいの？

何はともあれ、ヒールランもベルお姉さんも元気そうでよかった！　シアナ特区の運営も、この二人に任せておけば大丈夫だね。

「レイティモ山は？」

「みんな元気かな？」

星伍と陸星が待ちきれないようなので、レイティモ山を映してもらう。

レイティモ山の頂上付近にあるコボルトの集落は、相変わらず人間の村みたいだった。

畑を耕して農作業をするセントバーナードな緑の氏《うじ》、木を切って木材加工を行うシュナウザーな匠《たくみ》の氏、みんなで集まって楽しそうにおしゃべりしながら作業をするコリーな織手《おりて》の氏とボーダーコリーな編手《あみて》の氏。

野外で作業をしているのは、そこら辺だけだった。

まぁ、その作業に違和感なく混じってる人間がいるのは凄いけど。

「訓練場も見てみよう！」

最初は狩猟の氏たちが訓練する場所として作ったんだけど、人間の冒険者が混ざるようになったとか。

コボルトと訓練するの、フィリップおじさんだけだと思ってたわ。

訓練場では本当にコボルトと人間が混じって訓練をしていた。

それぞれ違う武器同士で試合のようなものをしたり、教え合ったりしているみたい。

ロットワイラーな力の氏長であるゴヴァ、サルーキな閃《ひらめ》きの氏長トルフを始め、シベリアンハスキー、ボクサー、ドーベルマン、大型犬祭り……じゃなかった、狩猟の氏が集合している。

てか、ゴヴァと剣を交えている冒険者って、ベルガーじゃない？

もうそんなに剣を扱えるようになってんの⁉　凄い！

いやいや、感心している場合ではない。

ベルガーのことはフィリップおじさんにお願いしていたのに、なんでゴヴァが面倒みているのさ！　フィリップおじさんはどこに行った！

フィリップおじさんを探す前に、さっきから気になっているんだけど、なんでアフガンハウンドな賢者の氏は頭にスライム乗せてんの？

あれ、私が名付けた子たちじゃないんだけどなぁ。あとで雫《しずく》がいる洞窟も覗いてみよう。

フィリップおじさんを探してコボルトの集落をいろいろ見て回っていると、見知ったコボルトを発見！

「あ、フィカ兄だ！」

「隣にいるの十二番目？」

星伍と陸星の兄であるフィカ先生の足元に、星伍と陸星にそっくりな四足歩行の茶柴がいた。

フィカ先生はハイコボルトなので二足歩行だけど、星伍と陸星は私が名付けた影響で四足歩行のままハイコボルトになったらしい。

なので、フィカ先生の足元にいる柴犬は普通のコボルトということになる。

「十二番目じゃない」

「じゃあ、もう名前もらってるよね？」

先ほどから二匹が言っている十二番目は、たぶん兄弟の順番のことだろう。

ん？　星伍と陸星の兄弟で十二番目って……おちびさんか‼

「あれ、おちびさんなの？　大きくなったなぁ」

体の大きさは二匹と同じくらいまでになっていた。

でも、二足歩行していないってことは、四足歩行で犬のふりをする役になるのか、それともまだ筋力が足りていないのか？

大きくなってもおちびさんの愛らしさは健在で、フィカ先生をわざと邪魔するように足元にじゃれついている。

そんなとき、お姉さんのフィリアさんもやってきて、三匹……三人？　は罠が設置してあるエリアに向かった。

これから、罠の点検をするみたいだ。

再び集落の中を探していると、シシリーお姉さんが映る。こちらも元気そうで安心した。

スピカがシシリーお姉さんの姿を見て、感極まって泣いてしまったけど。

　よしよしとスピカの頭を撫でながら、集落の中にはいなかったフィリップおじさんを探すため、洞窟の中も見せて欲しいとお願いする。

　洞窟の中の、私がスライムたちの住処にと選んだ場所で、雫はまったりと過ごしていた。

　だが、子供のスライムたちは、元気があり余っているようだ。

　それぞれが好む環境の場所へ行き、セイレーンのお姉様方に遊んでもらったり、コボルトたちに悪戯したり、ゴブリンを揶揄《からか》ったり、人間に食べ物をおねだりしたり……。めっちゃ自由だな！

「シズク、寝てた」

　海がぽつりと呟く。

　雫、動かないと思ったら、あれ寝てたのか。

　ちなみに海は、セイレーンのお姉様方よりスライムたちの方に強く反応した。

　海は種族的にはセイレーンだけど、群れから追い出された形なので、セイレーンのお姉様たちに対して仲間意識がないのだろう。

　一緒の洞窟で暮らしていた雫たちを家族だと思っているのかもしれない。

　私が知らない洞窟のエリアを見ていたら……いたぁ‼　フィリップおじさん、こんなところにいた‼

「……フィリップおじ様、何やっているの？」

「見ての通り、洞窟探検でしょう？」

狭い洞窟を探索中のフィリップおじさんとお仲間二人が映っている。

くぅぅ羨ましい‼　楽しそうに匍匐《ほふく》前進なんかしちゃってさ‼

「私も仲間に入れて欲しい！」

「ネマはあと十巡……いや、二十巡経つまで我慢よ！」

二十年もお預けだと⁉

お姉ちゃん曰く、私が洞窟探検の技術を身につけるのにそれくらいかかるって。

そんな危ない洞窟じゃなくていいよ！　鍾乳洞的な、ちょっと散策できる初心者コースからやらせてよ！

とりあえず、洞窟探検はお姉ちゃんと一緒に行くことで決着がついた。

フィリップおじさんに、初心者向けの洞窟の場所を教えてもらおっと。

山の麓近くに巣があるゴブリンたちは相変わらずだった。

木の実を採取しようとして木から落ちそうになるわ、小動物を狩ろうとして反撃を食らい逃げるわ、スライムと同様に冒険者から食べ物をもらう子もいた。

鈴子《すずこ》と闘鬼《とうき》、それに年長組が狩りを成功させているので、群れが飢えることはないようだけど……。

一応、複数で行動しているので、単独で動いていたときよりもマシなはず。

森鬼もゴブリンたちの様子を見て、なんとも言えない顔になっているが。

「逃げるのも大事だからね」

弱い生き物の中には、逃げ足を特化させることで存続している種もある。

ああやって逃げることは、ゴブリンの中でも弱い個体の生存戦略なんだよきっと！

一通り、レイティモ山は見終わったかな？

「ガシェ王国に戻ったら、レイティモ山のみんなに会いにいこうね」

家族の姿を見て、しんみりしちゃったみんなに言う。

私やお姉ちゃんと違って、スピカや魔物っ子たちはライナス帝国に来てから一度も家族とは会えていない。

できたら帰省させてあげたいなぁ。なんとか交代で帰省できないかな？

次は、レイティモ山から分かれた群れの様子を見ることにした。

森鬼から聞いた限りでは、温泉を最優先に作っていたので、その後がどうなったのか気になる。

お引っ越し組が新しい住処に選んだのは、ミューガ領のムーロウという地域のどっかの山なんだが……どの山だ⁇

「主、ここではなく、あっちの山だぞ？」

森鬼に案内してもらい、ようやくお引っ越し先を見つけた。

山の中の谷間的な場所で、そこそこ幅のある川が流れている。その川の両岸には、穴がいくつも空いていた。

カッパドキアとまではいかないが、明らかに自然にできたものではない。

「増水したら水没するんじゃ……」

水場の近くがよいと言っていたが、これはいくらなんでも近すぎではなかろうか？

前世は島国日本に生まれ育った私は、大雨や台風での水害の恐ろしさは、嫌というほど知っている。

「一応、精霊が安全だと言った穴以外は使わないよう言ってある。増水したときの備えもすると、コボルトたちが言っていたから大丈夫だと思うが？」

お引っ越し組は、片岸にゴブリン、反対の岸にコボルトと分かれた生活をしているようだ。

魔法で作ったと思われる橋もかかっていて、今のところは順調っぽい？

橋の向こうには、小屋というには大きな、木材と石材でできた建物があった。

なんだろうと思って近づいてみると、建物の裏側には湯気が立つ池……もとい、広々とした露天風呂で寛《くつろ》ぐコボルトたちの姿が……。

「あ！　マーチェだ！」

「エトカ兄、いないね」

星伍と陸星が、コボルトたちの姿を見て反応した。

露天風呂には六匹ほどが入浴しているが、氏はバラバラだ。その中に、茶色の柴犬よりも薄い茶色という珍しい毛並みの柴犬がいた。

この子が星伍と陸星の兄嫁なのだろう。

「見たところ、雄がいないので狩りに出ているようです」

スピカが教えてくれた。

男衆がいない間に、温泉で井戸端会議的なことをやっているのかもしれない。

それにしても、露天風呂、気持ちよさそうだなぁ。渓流を眺めながら入る露天風呂、最高だと思う！

そんな露天風呂に繋がっている建物。窓から中を覗いてみたら、三つほど浴槽があるのが見えた。

そのうちの一つで、ゴブリンが二匹、楽しそうに泳いでいるではないか！　あれほど浴槽で泳ぐの禁止って教えたのに‼

「シュキも狩りに出ているようだな」

そういえば、シュキの姿はないし、聞いていた数よりゴブリンが少ない。

狩り、大丈夫かな？　ゴブリンは狩りが下手っぴだから……。

ちょっと心配だから、狩りの様子を見てみることにした。

しかし、山の中に入っているシュキたちを探すのに手こずる。

見かねた風の精霊がバビューンと飛んで現地に向かい、光景越しに誘導してくれるという凄技のおかげで、ようやく発見できた。

「エトカ兄だ！」

「ほんとだ！」

シュキたちゴブリンは、なぜかコボルトたちと行動を共にしていた。

シュキに何か話しかけている、二足歩行の黒柴が星伍と陸星のお兄ちゃんのようだ。

星伍と陸星が二足歩行だったらこんな感じなのかぁ。

エトカお兄ちゃんは黄色い花を手にし、それを短めの槍の刃に擦りつける。

もしかして、これは……。

「どうやら、コボルトから狩りを教わっているらしい」

森鬼は感心したような声だったが、私はやっぱりと思った。

あの黄色い花、毒があるやつだよね？　刃に毒を塗って獲物を仕留めやすくする的な。

エトカお兄ちゃん、ゴブリンたちはうっかりその毒を舐めちゃうかもしれません！

やめさせるべきか悩んでいたら、シュキはエトカお兄ちゃんを真似て自分の武器の刃に……って、シュキの武器、尖った石だ……。その尖った石に花を擦りつける。

「大丈夫かな？」

私がそう呟くと、星伍と陸星が大丈夫だと声を揃えて言う。

「エトカ兄、毒得意！」

「解毒のお薬も作れる！」

なんと！　エトカお兄ちゃん、毒が専門だったのか！

……草の氏って、変わってるって言われない？　すぐ上の兄であるフィカ先生は、罠が得意だったよね？

ゴブリンとコボルトが協力して狩りをし、小さいながらもクイというイタチに似た動物を仕留められたのを見てホッとした。

シュキもなんだかんだでコボルトたちとも上手くやっているみたいだし、一年経って問題がなければ、追加の子たちを送れるかも！

それから、獣舎や竜舎を覗いたり、ソルの寝床を覗いたら気づかれたり、いろいろな場所を見て回った。

ガシェ王国だけでなく、他の国も見てみようってことになり、まずはイクゥ国を選んだ。獣王様の国だからね。

獣王様の言葉通り、復興が進んでいるようで、イクゥ国の国都ではたくさんの人が行き交っている。

でも、獣人が多い国と聞いていたのに、見える範囲では獣人の姿が少ない。行き交っている人々も痩せ細っていて、けっして健康的だとは言えない。

「まだ国民の食糧を賄《まかな》えるほどには回復していないようね」

お姉ちゃんの言う通り、農業を行っている地域の復興が遅れているのかもしれない。

国都の建物も、新しい物と古い物がはっきりとわかるレベルで混在しているし。

日本の京都や奈良といった古都のように新旧が合わさった感じではなく、茅葺《かやぶ》き屋根とデザイナーズハウスが同じ区間に並んでいる感じだ。

避難した人たちが国に戻らないと人手が足りないとか、賃金が払える状況じゃないとか、いろいろ問題が上がっているのだろう。

そんな国都の街並みの中で一際目立つものがある。立派なお城がドドーンッと鎮座しているのだ。

高い建物が少ないし、国都内ならどこからでも見られるんじゃないかな？

お城の建物部分の大きさだけなら、ライナス帝国の宮殿より大きいかも？

ただ、華美な感じではなく無骨な印象を与える外観だ。

外観でいえば、ミルマ国の王城の方が似ている。

最初に建てられた目的が、防衛のための要塞とかだったんじゃないかな？　以降、時代ごとに拡張していったら、ここまで大きくなってしまった的な。

お城で働く人、迷子続出してそう……。

「獣王様はあのお城に住んでいるのかな？」

「どうかしら？　別に住居を構えておいでかもしれないわ」

言われてみれば、先帝様たちは宮殿の近くにある別宮で生活されている。

帝都内にも皇族所有の屋敷があるそうだし、我が国でも各領地に王族用の離宮や屋敷がある。

お城の中がどうなっているのかめっちゃ気になるけど、さすがに他国のお城を覗くのはあれなので、近くまで寄ってもらった。

正門も凄く立派で、柱の上には鳥の飾りが設置してある。

……すっごい既視感あるんだけど！

うーん、柱の上にある感じは狛犬っぽいんだけど、鳥で狛犬っぽい日本のもの……。

あ、平等院鳳凰堂《ほうおう》の屋根の像！　鳳凰像に似ているんだ‼　あーすっきり、すっきり。

やっぱり、獣王様が鳥の獣人だから鳥の像を飾っているのかな？

でも、なんで二体あるんだろう？

こういう、唯一無二な権力の象徴！　って感じのものは、一つだけを中央に設置する方がよくない⁇

鳳凰もどきの像が妙に引っかかりつつも、イクゥ国の他の場所も見て回る。

地方に行けば行くほど、災害の痕跡が多く残っていて痛々しかった。

小国家群も覗いてみたけど同じようなあり様だ。だから余計に、パスディータ国の畑で野菜が育っているのを見たときはジーンときた。

それからライナス帝国に入り、ロスラン計画の進捗を確認したり、虹色の塩原《えんげん》を間近で見たり、ルルド山にいるアリさんの様子も見た。

アリさんは、仲間と一緒に狩りをしている真っ最中だった。

思わず手に汗握りながら応援しちゃったよ。

スライムたちみたいに、名付けの影響で変な能力が開花した様子もないようだし、このまま仲間と暮らしていた方がよさそうだね。

「お嬢様方、そろそろ休憩になさいませんか？」

パウルの提案に、お姉ちゃんは私の方を見る。

「そうね。ずっと同じ姿勢で、ネマも疲れたでしょう？」

「うん……」

本当は、星伍たちと一緒に寝転がって見ていたから、そんなに疲れてはいない。

ただ、寝っ転がっていたことがパウルにバレるとマズい！

お姉ちゃんが誤魔化そうとしてくれているので、私は全力でそれに乗っかるよ‼

「お疲れなら、肩でも揉みましょうか？」

……あれ？　これ、気づかれているのでは⁇

7 引きこもりの過ごし方。

ディーがこちらに来て二日目。

なぜか朝からルイさんの突撃を受けている。

「驚いた。本当に聖獣だけでこちらに来ていたとは……」

ルイさんは、陛下から確かめてきて欲しいとお願いされたそうだ。

だからといって、早い時間に来なくてもいいじゃん。

ルイさんは、私たちが朝食を食べているさなかにやってきた。

もちろん、食べ終わるまで待たせたけどね！

「へいかはご存じだったんでしょう？」

「すぐに契約者と合流すると思っていたようだよ？　ガシェ王国側からも、転移魔法陣の使用通達とラルフリード君の受け入れ願いが届いたし」

陛下がそう思うのも仕方ない。

ソルのような巨体でない限り、聖獣は契約者にべったりだもんね。

それよりも、受け入れ願いが届いてたって、本当はお兄ちゃんも来る予定だった？　それがヴィのせいで来られなくなったとか？

もしそうなら、ヴィに恨みを込めた手紙を書かねばならぬ‼

「ネマちゃん、面白い顔しているところ悪いけど、たぶん違うと思うな」

ちょっと聞き捨てならないことを言われた。が、ぐっと我慢してルイさんの言い分を聞く。

「転移魔法陣の使用も受け入れの方も、ネマちゃんやカーナに何かあったらという条件つきだったんだ。つまり、いつ来るか、本当に来るかもわからないってこと」

そんな……お兄ちゃんが来ないなんて……。

しょんぼりしていたら、ルイさんが慰めてくれた。

「ラルフリード君だって、ネマちゃんたちが心配でこちらに来たいと思っているんじゃないかな？　でも、今はあちらも忙しいだろう？」

ルイさんの言う忙しいは、この前のプシュー作戦で捕らえたルノハークのことだろう。

ライナス帝国の軍部と協力しているようだが、裏取りに時間がかかっているみたい。

まぁ、ガシェ王国出身のルノハークは、約三年間もオスフェ家の目を誤魔化してきた、ある意味猛者《もさ》たちだ。

過去の事件に関わった証拠なども、すでに隠滅《いんめつ》されていると思うし。

だから、現行犯逮捕であっても罪の立証が難しいという、騎士や調査官泣かせな状況。

立証できなくても、王様がヤバいと判断したら王命で生涯牢屋行きにはできるので、今頃パパンが王様を説得中かもしれない。

「そうそう。近いうちに陛下が獣王様と謁見するんだけど、ネマちゃんも同席するかい？」

「……なぜに⁉」

陛下と獣王様が話し合いをするのはわかる。

賊がイクゥ国の者じゃなかったとしても、正門前の暴動の件や国賓の安全を脅かしたことは釈明しないといけないだろうし。

それに私が同席する意味とは？

「ネマちゃんも巻き込まれたのだから、聞きたいかなと思って」

巻き込まれたというか、巻き込まれるのがわかってて向かったというか……。

自分の判断で行ったことなので、暴動を起こした獣人たちを処罰して欲しいとも思わないし、正直、獣王様すげー！　って感想しかない。

「あとで教えてくれるだけで十分だよ？」

そう言って断った。

「わかった。陛下にそうお伝えしておくよ。あと、ユーシェが光の聖獣様と遊びたがっているそうだから、招待してあげて欲しいって」

ディーとユーシェ、いつの間にそんなに仲良しになったんだろう？

ユーシェを部屋に招待するのは、私も嬉しいので承諾しておく。

ルイさんが帰ったら、早速呼んであげよう！

その後、ルイさんはいくつか愚痴をこぼして帰っていった。

みんなが僕をこき使うって言ってたけど、ルイさん外交の偉い人だから仕方ないよねって肩ポンしてあげた。

お姉ちゃんにユーシェを呼ぶことを伝え、パウルに大きな水桶を用意してもらう。

準備をしないで呼んだら、また魔物っ子たちの水飲み場から出てきそうだしね。

「ユーシェ！　ここからよろしく！」

水桶に張った水をバシャバシャと叩く。

これで水飲み場やお風呂から出てくることはないだろう。

水桶の水が大きく膨らみ、ユーシェがジャジャーンと飛び出してくると思いきや、なかなか姿を現さない。

「ユーシェ？」

どうしたんだろうと思って名前を呼んだら、にゅっと顔が出てきた。

なんで顔だけ？　新しい登場の仕方？

ユーシェは周りを見回し、ディーを見つけると高い声で一鳴きした。

「ぎゃう」

ディーが可愛いお返事をすると、ようやくユーシェは水から体を出す。

本当にディーがいるか、確かめてたのかな？

ユーシェを歓迎するも、ユーシェはそそくさとディーのもとへ。

ディーはお座り状態で、ユーシェは腹這いでぎゃうぎゃうブルルと何かを話し始めた。

何を話しているかわからないけど、向かい合っているだけで可愛い！　仲良しな雰囲気もい

い！　見ているこっちもニマニマしちゃう‼

……………長くね？

ずっとお話をしているディーとユーシェ。

話している内容が気になるけど、こっそり精霊に聞くのはさすがにまずいよね？

それにしても、サチェ以外の聖獣とこんなに距離が近いのは珍しいね。

サチェとカイディーテ、ユーシェにラース君と聖獣が勢揃いしたことはあるけど、カイディーテやラース君にはこんな反応しなかった。

相手にされなさすぎて淋しいので、ディーの背中に飛びつく。

ディーは伏せの体勢を取りながら、どうしたの？　と窺うように顔をこちらに向けた。

「あ、私のことは気にせず、おしゃべり続けて」

相手にされないなら、勝手にもふもふしようと思っただけなので！

うつ伏せ状態で、ぽふっとディーの鬣《たてがみ》に顔を埋めた。

鬣自体が発光しているが眩しくはなくて、キラキラがぼやけている感じ。水の中にある照明が近いかな？

ディーの毛並みはふわふわとしっとりが混在している。

毛質的にはふわふわなラース君と艶サラなカイディーテの中間くらい。

この鬣を手で梳《す》いていると、なぜか龍髭麺《ロンソーメン》という極細麺を思い出す。食べたことないけど。

ディーの背中は大変居心地がよく、毛並みを堪能できることもだけど、呼吸に合わせてちょっとだけ体が上下するのも気持ちがいい。

体が揺れるものってみんな眠くなるよね。ハンモックとか、ロッキングチェアとか。

うぅぅ、睡魔が近づいてくる気配が……もう少しこの毛並みを全身で味わわせてくれ！


いつの間にか撃沈してた。ディーの背中、安眠効果がハンパない！

のっそりと上半身を起こすと、ディーは閉じていた目を開いた。

ユーシェとのおしゃべりが終わり、微睡《まどろ》んでいたようだ。

その証拠に、ユーシェもうつらうつらしている。

腹這いのままなので、頭がガクンッてなりそうでちょっと怖い。

そして、なぜかユーシェの横で海が仰向けに寝ていて、そのお腹の上にスライムが並んでいる。

白、青、紫紺と一直線に並んでいる光景は大きな三色団子。食べたらお腹壊しそうな色ではあるが。

視線を移動していくと、ソファーで寝っ転がっている森鬼——こちらはいつもの風景——に、一人がけソファーで優雅に読書をするお姉ちゃん、窓辺にウルクがおらず、ディーの尻尾を枕にしている星伍と陸星。

星伍と陸星は四肢を投げ出して寝ており、ぬいぐるみみたいだ。

ディーのお腹には稲穂がすっぽり収まっているし、稲穂の反対側ではウルクがぴったりとディーに寄り添っている。

さらに、私は髪の毛にいつもの感触がないことに気づき、ディーの鬣をくまなく探してみた。

首周りの一番毛量が多い部分の奥に、グラーティアがいるのを見つける。お前もか！

もしかしてみんな、私が寝ているのにつられちゃった？

人が近くで寝ていると、眠気が移るよね。眠っている人から、なんか放出されているに違いない！

「ネマ、起きたの？」

お姉ちゃんが私が起きたことに気づき、読んでいた本を閉じる。

お姉ちゃんのもとに行こうと思ったけど、右から下りれば稲穂を踏むし、左から下りるとウルクにぶつかる。下りるに下りれない状況だった。

音もなく近寄ってきたパウルに抱き上げられることで、なんとか脱出成功！

お姉ちゃんの側に行き、部屋の様子を眺めた。

これまた絶景！

種類の違うもふもふたちが固まって寝ている姿の、なんと愛らしいことか。

神様！　今すぐここにカメラを‼　この光景を、この素晴らしさを後世に残さねば！

心の中で祈るも、神様からカメラが届けられることはなかった。

カメラが無理なら、写真の魔法でも授けてくれればいいのに……。

ママンが後援している画家に描いてもらうより、絵が上手い使用人を屋敷から連れてくる方がいいかな？

使用人なら、一緒に生活する中でこの子たちの特徴を掴み、いろいろな構図で描いてもらえるかもしれない。

いや、待てよ……絵が上手い人、近くにいるじゃん‼

◆◆◆

ユーシェが帰って、私は早速行動に移る。といっても、お手紙を書くだけだが。

そして、次の日のお昼過ぎに、その人物はやってきた。

「ダオ、いらっしゃい！」

「招待してくれてありがとう、ネマ」

早速ダオをリビングの方に案内する。お茶とお菓子でまずは一息。

「手紙にも書いてあったけど、僕に絵を描いて欲しいってどういうこと？」

「ダオは絵が上手でしょう？　だから、うちの子たちを描いてもらいたいなって……」

そして、ダオに昨日のことを話す。

「ユーシェ様と光の聖獣様が……それは、確かに絵に残したいと思っても仕方ないね」

ダオは、ウルクと並んで寝そべっているディーを見つめる。

「うーん、セイゴとリクセーなら描ける気がする」

ダオがそう言ってくれたので、私は食い気味によろしくお願いしますと返した。

一番描きやすいのはスライムたちだろう。

しかし、星伍と陸星はお利口なのでじっとしていられるし、何より一緒に遊んだこともあるので、ダオも見慣れている。

スピカに画材道具一式を用意してもらう間、私は星伍と陸星に説明した。

元気なお返事をして、二匹はお気に入りのクッションのところで伏せをする。

スピカが持ってきた画材道具一式に、カンバスとイーゼルがあったのには驚いた。

ダオは画板を選び、二匹の側で描くことにしたようだ。

ちなみに画板は、どこでもお絵描きができるので意外と重宝している。

今思えば、私がハマっている粘土に画板ときたら、小学校の図画工作の授業みたいだな。

でも、やると楽しいから、すぐやりたくなるんだよなぁ。まさに下手の横好き。

そして、私が描いた落書きは、なぜかしばらくすると消えるんだよね。犯人はお姉ちゃんかパパンじゃないかと睨んでいる。

「ユーシェと雪と氷で遊んだのがすごく面白かったから、今度、ダオとマーリエもいっしょにやろう？」

「うん……僕もユーシェ様と遊びたいな」

ダオは絵を描きながらも、私のおしゃべりに付き合ってくれた。

ほんと器用だな、ダオは！

シャッシャッとデッサン用の鉛筆の音に合わせて、星伍と陸星の耳がピクピク反応するのが可愛い。

「きゅぅ？」

どこかでお昼寝していた稲穂がやってきて、ダオの手元を覗き首を傾げる。

そして、クッションに寝そべっている星伍と陸星を見て、ダオの絵に戻ると再び不思議そうに首を傾げた。

「セーゴとリクセーを描いているんだよ？」

ダオはそう言って稲穂の頭を撫でる。

「きゅっ！　きゅうぅぅ‼」

稲穂は嬉しそうに尻尾を振るが、なんて言っているのかはわからない。なんとなく、凄いって感情は伝わってくるけど。

通訳の森鬼は体が鈍るからと、軍部の方にお出かけ中だ。

森鬼はたまに、バルグさんたち獣人の軍人に混ざって訓練を受けているらしい。

「稲穂、ダオのじゃまにならないようにね」

「きゅんっ！」

稲穂はダオの横にお座りをし、ゆったり尻尾を振りながらダオの絵を鑑賞し始めた。

その背中から、あるじ様が描く絵と違う、という心の声が聞こえる気がする。

まったりと穏やかな時間はゆっくりと過ぎていった。

「ネマ、色塗りは次でもいいかな？」

どうやら下絵は完成したらしい。

それを見せてもらうと、本物そっくりな可愛い星伍と陸星の姿が！

「すっごくかわいい！　ダオの絵はすばらしいわ‼」

今度陛下に会ったら、自慢してやろう。私とダオが仲良しすぎて、陛下は悔しがるに違いない！

「久しぶりにゆっくり過ごせてよかった」

「あー、いつも私がお外にさそっているもんね」

もちろん、室内で遊ぶこともあるけど、今日みたいに穏やかとは言い難い。というか、二人をお庭に連れ出す場合がほとんどだ。

「次はマーリエも誘おう。そうしたら、僕は絵を描いている間、二人でおしゃべりできるよ」

ダオの提案は、私が退屈しないように、マーリエが仲間外れにされたと気に病まないようにという配慮からだろう。

「そうだね。羽子板のときみたいにみんなでお絵かきしてもいいしね」

マーリエは恥ずかしがって描いた絵を見せてくれないかもしれないけど、なんだかんだ言いながらも付き合ってくれそう。

ダオから預かった下絵は、大事に大事に保管するようパウルに厳命する。

丸二日、お外に出ずにお部屋で過ごしていたけど、やっぱり引きこもり生活も楽しいな。

夕食後、ディーと一緒にお風呂に入った。

お風呂でやることと言えば、この場合一つしかないだろう！

「ディーいいよー」

洗い場にてディーの横に立ち、合図を送る。

ディーは思いっきり体を震わせて、体についた水を弾き飛ばした。そのシャワーを全身に浴びる。

ディーがスノーウルフだったときもこうやって遊んでいた。

なんなら、幼いお兄ちゃんも同じことをやっていたと、マージェスから聞いたことがある。

体格が大きくなり、ふっさふさな鬣がある今なら凄いブルブルが体験できるだろうと思ったけど、予想以上だった。これは楽しい！

「ディー、もう一回！」

「ネマ様、体が冷えるので、一度浴槽に入ってください！」

監視役のスピカに言われ、確かにちょっと寒いかもと今気づいた。

湯船に浸かって温まったらブルブルをしてもらい、湯船に戻るを何回も繰り返す。

ついつい長風呂していたら外からパウルの声が……。

「ネマお嬢様、ディーと遊ぶのは上がってからにしてください！」

「はーい」

ディーや魔物っ子たちと一緒にお風呂に入るのを禁止されてしまうかもしれないので、大人しくパウルに従う。

まぁ、いっぱいブルブルしてもらえたしいいか。

8 忙しない日々。 視点：ヴィルヘルト

エルフの森を後にし、急いで王宮に戻る。

「でーんーかぁぁ！」

即、オリヴィエに捕まってしまった。

「出ていくなら行き先を伝える！　あと小型転移魔法陣も常に携帯してください！　署名が必要な書類を送るので！」

出先でも書類仕事をこなせと無茶を言ってくるオリヴィエを宥めつつ、自分の執務室に逃げ込む。

執務室の机には、たくさんの書類が置かれていた。

そのほとんどが、捕らえたルノハークに関する報告書だと思うが……今からこれに目を通すのか。

「のーん！」

俺が戻ったことに気づいたヒスイが、どこからともなく出てきて、俺の頭に飛び乗る。

「のーん！　ののの一ん‼」

ため息を吐きながら、ヒスイに魔力を与えた。

頭の上で踊るな！

「殿下、お疲れですか？」

突然声をかけられて驚いた。

「ユージン、驚かすな。というか、勝手に入るな」

外務大臣を務めるユージン・ディルタが、長椅子に寝転がっていた。

こいつはいつも突然現れては、いつの間にか消える。

「早くお知らせした方がいいかなと思いまして」

そう言ってユージンは紙をひらひらと振る。

それが、例の紋章を写したものだと気づき、俺はユージンの向かいの席に腰を下ろした。

「もうわかったのか？」

「一応、監視対象に入っている家門ですからね」

ユージンから渡された書類には、ライナス帝国のある家門について書かれていた。

「ラムジー男爵家……聞かない名だな？」

「それはそうでしょう。その家門はヘリオス伯爵家の傍流で、表には出てきませんので」

ヘリオス伯爵の名が出たことで、俺はしっかりと書かれてあることを読み込んだ。

ラムジー男爵家の興《おこ》りは、二十一代前のヘリオス伯爵が戦場での功績により男爵位を授かったことから始まる。

二十一代前と言ったら、大陸争乱よりも前の時代だ。

当時のヘリオス伯爵は次男に男爵位を与えた。これにより、ラムジー男爵家はヘリオス伯爵家を主家とし、定期的にヘリオス家の血を迎えながら仕えてきた。

あちらの貴族のやり方に沿うなら、ヘリオス伯爵がラムジー家に命じた可能性が高いな。

ライナス帝国では、歴史が長いゆえか新興貴族がいないとされている。

新たに興った家門でも大陸争乱の時代なので、我が国と同等の歴史を持つ。

本家から爵位を授かり分かれた家は、本家を守る盾となり、剣となる。時には本家の罪を代わりにかぶり、断罪されることも。

我が国では考えられないことだ。

我が国では、領主である公爵がそれぞれ領地を任せる代主《だいしゅ》に大義名分を与えるため、国王に推薦する。国王の意に適えば、伯爵以下の爵位が授けられ、代主に任命される。

侯爵へと陞爵《しょうしゃく》するには、領主である公爵家の血が入っていることと、相応の功績を残していることが条件となっている。

本来は、公爵家が代主らを守りやすく、また自治がしやすいようにと始まった制度だ。

まぁ、今回のルノハークの件で、この制度の問題点も見えてきたが。

「ところで殿下、ヒスイをこのまま飼うんですか？」

ユージンは、俺の頭に居座っているヒスイが気になるようだ。

「飼うか！　次、ネマに会ったときに返す」

「のぉぉん……」

ヒスイの悲しげな鳴き声が聞こえたが、お前の飼い主はネマだろうが。

離れたくないというのも、どうせ俺の魔力目当てに違いない。

ヒスイのことは放っておいて、赤のフラーダが目撃した一連のことをユージンに話した。

「ユージンは今回の件、どう考える？」

「ラムジー男爵家の主家であるヘリオス伯爵家とイクゥ国は、最近繋がりが強まっています。その縁でとも考えられますが、番を解放するのが目的であれば、ライナス帝国を頼った方が確実です。つまり、頼ってしまうと何か露見する事柄があるのでは？」

さらに、ユージンは赤のフラーダが目撃した片割れが獣王か否かを考察し始める。

生まれれば獣王の座に就くことが定められている鵬族の実態は、ほとんどわかっていない。

生まれることが稀な上に、イクゥ国以外では残されている情報が少ないのだ。

「伝承によれば、鵬族は必ず雌雄で生まれるとあります。今代の獣王様は女性ですので、対となる男性の鵬族も生まれているはず」

不慮の事故などで女神様のもとへ旅立ったことも考えられるが、獣人の店にいた片割れが本当に獣王であれば、その鵬族の男性が何者かに囚われているということになる。

「一つ、鵬族の男性がライナス帝国で生まれており、それを隠蔽《いんぺい》している。一つ、生まれた頃より鵬族の男性の行方がわからず、ヘリオス伯爵家を頼って探していた。一つ、何者かがイクゥ国もしくは獣王様を掌中に収めるため、鵬族の男性をさらった。考えられるだけでも、いくつもの予測が立てられます」

もし、鵬族の男性を助けたいがために、ネマを狙っているというのなら、こちらもやりようがある。

しかし、店でのやり取りでは、愛し子の方を優先しているようだった。

愛し子を狙っているのであれば、ルノハークが関わっているのは確実だろう。

それに、他種族を嫌っている聖主だ。他種族国家であるライナス帝国にも手を出すくらいだから、元は獣人の国で今なお多くの獣人が住うイクゥ国に手を出していないとは思えない。

イクゥ国の上層部を意のままにするために、希少な鵬族の男性をさらった可能性も出てくるわけだ。

「とりあえず、鵬族の男性が本当にいるのか。件《くだん》の人物が獣王だと仮定して、獣王の番がどこにいるのかを探った方がよさそうだな」

精霊に聞いてもいいが、情報部隊を動かした方が時間はかかってもより詳細なことがわかる。

「ラムジー家はどうされますか？」

「我々が動くより、セリューノス陛下にお任せした方がよいと思う。明日、あちらに行ってくる」

俺がそう言うと、ユージンはどこか楽しげに告げる。

「またオリヴィエに怒られますよ？」

「しばらくは、父上と母上にお願いしよう。業務が滞らなければいいんだろう？」

捕らえたルノハークの件で、これでも業務をかなり絞ってもらっている状態だ。

なので、父上たちへの負担もさほど大きくないはず。

ユージンが退室してから、机に向かい、書類を手に取る。

俺の署名が必要なものを先に片付け、報告書を読む前にラルフからの手紙を開けた。

ラルフの方も初代の霊廟で収穫があったようだ。

子孫に宛てた手紙なのに、書いてある文字が不明で読めないと。その手紙も異なる世界の文字で書かれているのだろう。

ラルフに朝一でその手紙を持ってくるようにと返事を書く。

それからようやく報告書を読み、ルノハークの奴らが腐り切っていることに、ある意味安堵を覚えた。

これなら、どんな処罰になろうと罪悪感を抱かずにすむと。

レニスの貧民街で起きていた人さらいの事件以降、我が国では厳重に警戒を行ってきた。

人をさらって魔力の抽出ができなくなったルノハークは、魔力を注いで作る人工魔石の方に切り替えたようだ。

それは、ミルマ国で多くの魔石を盗んでいたことから予想はついていたが……。

ルノハークは、借金などで首が回らない者、怪我で働けない者、前科があるなどの訳ありの者を集め、人工魔石を作っていた。

もちろん、奴らが相応の対価を払うわけもなく、その実態は一方的な搾取だった。

食事は質素な献立で一日一食、反抗的な態度を取った者には罰としてその一食すらも抜く。

身内からの連絡には疑われないようにすべて検閲をかけ、解放するときも口外しないよう名に誓わせている。

小賢しいのは、身内から連絡がある者、家族が心配して押しかけてきた者に限って解放していることだ。

違法労働させていると、家族が騎士団に駆け込まないようにするためだろう。

だから、捕らえるまで発覚しなかった。

代主が関与し、家門ぐるみでこれらのことをやっていたところもある。領主である各公爵家の監督責任も言及せねばなるまい。


朝食時に、父上と母上に業務の肩代わりをお願いした。

父上はあからさまに不服そうな表情を見せる。

「急ぎで承認が必要になったものだけです。父上にはオスフェ公がついているのですから、問題ないでしょう」

「あいつはここ数日、例の者たちに王命を出せとうるさくてな……。隙あらば御璽《ぎょじ》を押させようとしてくるんだぞ！」

「父上が負けなければいいだけです」

オスフェ公が出させようとしている王命は、国法で裁けない者でも国民に害がおよぶと国王が判断した場合に、無期限でその身柄を拘束できるやつだろう。

その王命を出し、捕らえたルノハークを牢獄に送ったら、数巡後にはオスフェ公の手の者にやられて全滅していそうだがな。

「ガルディー様はあのように仰っているけれど、ヴィルのお願いですもの。叶えてくださいますわ」

母上は、純粋に息子の力になろうとしてくれているのだろうが、言葉の裏に圧を感じる。

「リリーナの言う通りだ」

表情を取り繕い、母上に同意する父上。

母上は父上に異を唱えることはめったにないが、だからこそ父上は母上に弱いとも言える。

母上の信頼をなくしたくないのだ。

父上は、悩んでいる姿や情けない姿を俺たちに見せることがある。家族だからというより、父上の場合は意図して行っているように思える。

人心掌握のお手本のような感じとでも言えばいいか？

とはいえ、父上の気持ちもわからなくもない。

母上という存在は、父上がどんな手段を用いても掌中に収めておきたいほど価値が高いのだ。

ライナス帝国の皇女であり、両親にも兄弟にも可愛がられ、その知性と品性から両国の国民に高く支持されており、我が国の貴族たちとも上手く渡り合っている。

ここで母上に見限られると、俺が即位した以降の治世にも影響が出るだろう。

「母上、ありがとうございます。お礼は何がよろしいですか？」

「ふふっ。お礼なんていらないわ。あちらに行ったら、皆様によろしく伝えてね」

ライナス帝国に行ったら、母上のお礼のことも相談するか。

皇太后様なら、母上の好みも熟知されておられるだろう。

◆◆◆

手紙で指示した通り、ラルフは朝一でやってきた。

「ヴィルヘルト殿下の下知により、ラルフリードが参じました」

慇懃な態度で王族に対する礼を執るラルフ。必要ないと何度言っても、けじめは大事だと言ってやめない。

「急がせて悪い。それで持ってきたか？」

「これだよ」

ラルフから受け取った手紙は、紙質がよいとは言えず、変色もしていた。

こちらには精霊術がかけられていなかったのか？

「どのように保存されていたんだ？」

「それが……凄くわかりやすく台座に言葉が刻まれていてね」

ラルフ曰く、石櫃《せきひつ》を載せる台座に、初代の遺言が書かれていたそうだ。

幼い頃に一度霊廟に入ったことがあったが、そのときは気づかなかったとも。

「何が書かれていたんだ？」

俺が尋ねると、ラルフは初代オスフェの遺言を誦《そら》んじた。

『私の血を受け継ぎ、愛し子を大切に思う者のみ開けよ。条件を満たさぬ者が触れたときは、精霊の怒りを受けるがよい』


初代もやっぱりオスフェなんだな。敵だと判断した者に対して、本当に容赦がない。

「どうやら、初代様は精霊石を使って仕掛けを作ったみたいなんだ」

精霊石は精霊王からもらうしかないので、ライナス帝国から融通してもらったのだろう。

手紙の封は開けられており、中身を取り出す。

用箋《ようせん》と封筒が出てきた。

用箋の方ははラーシア語で書かれており、初代オスフェ公が子孫へ宛てたものだった。

文面は短く、愛し子が現れたらこの手紙を渡すようにと。

もう一通の手紙。封蝋には、王族が使う蝶の紋章がはっきりと押されている。

こちらもすでに開けられていて、中の用箋には異なる世界の文字が書かれていた。

「初代様は、後世に現れる愛し子が異なる世界の記憶を持っていると確信があったようだ」

ラルフに初代様の手記を見せる。

初代様たちの恩人である地下の賢者に、初代国王ギィの直筆に間違いないと言われたこともつけ加えた。

「この手紙とこちらの手記、筆跡が同じだね」

「あぁ、初代国王ギィが書いたものだろう」

「……これをネマに見せるの？」

ラルフは不安をにじませた声で問うてきた。

愛し子が、自分の力で身を守る術《すべ》などが書かれている可能性もある。

「最終的には読ませるしかない。しかし、その前にライナス帝国にも確認を取る。もしかしたら、ロスランも何かを残しているかもしれないからな」

ラルフにこれからライナス帝国に向かうことを告げる。

俺が留守にしている間、ルノハーク関連の業務はラルフにやってもらわなければならない。

なので、権限の委譲とその権限の範囲、追加の指示等をまとめた書類を渡す。

「判断がつかないものは、宰相か陛下の指示を仰げ。なるべく早く戻るようにはする」

「わかった。連絡はこの子たちにお願いするね」

そう言ってラルフは精霊たちを示す。

精霊も頼られるのが嬉しいのか、口々に任せてと張り切っている。

「では、留守を頼んだぞ。……お前も留守番だ、ヒスイ」

俺についてこようとしていたヒスイを確保し、ラルフに預けた。


転移魔法陣を使用して、ライナス帝国の宮殿に飛ぶ。

飛んだ先の転移の間では、すでにセリューノス陛下が待ち構えていた。

「いらっしゃい、ヴィル」

「わざわざ出迎えていただかなくても……」

陛下の横でユーシェが歯を剥き出しにして、こちらを威嚇してくる。

『坊、ずいぶん嫌われたようだな』

ラースめ、面白がっているな。

陛下がユーシェを宥めてくれて威嚇はしなくなったが、俺のことが気に食わないというのはしっかり伝わってきた。

「昔、一緒に遊んだことがあるんだぞ？」

まだラースと出会う前から、テオやクレイの誕生日を祝う宴や他の祝い事によく招待されていた。その際、幼かったテオやクレイと一緒に、ユーシェが相手をしてくれたこともある。

ユーシェは、そんなこと覚えてないと言うように顔を背けた。

「ユーシェ、光の聖獣に会いたいと言っていただろう？　ネフェルティマ嬢にお願いしておいたから」

陛下がユーシェの首を撫でながら告げる。

ユーシェがディーに会いたがっているというのは不思議だが、よほど嬉しいのだろう。先ほどまで放たれていた剣呑な空気が霧散した。

場所を移し、まずは互いの近況報告をする。

ライナス帝国に引き渡したルノハークの調査は順調に進んでおり、我が国でのような変わった動きはないという。

「帝国でなら、魔石は採掘した方が早いからだろう。魔石鉱山で盗掘か横流しされていないか、早急に調べさせよう」

　国土の広いライナス帝国は様々な鉱山を有している。

　地竜の寝床だった場所では、鉱物だけでなく魔石も多く採掘できるし、鉱脈の回復待ちのところもある。

「ブルルルッ！」

　今まで陛下の側で大人しくしていたユーシェが、突然陛下に甘え始めた。

「あぁ、行っておいで」

　ネマがユーシェのことを呼んでいると、精霊が知らせにきたようだ。

　ユーシェは部屋の隅にある水甕《みずがめ》に近づくと、その水甕の中に溶けるように消えていった。

「さてと、本題に移ろう。ヴィルが届けてくれた物についてだが、ヘリオス伯爵家傍流のラムジー男爵家の家紋であることが確認できた。それで、ラムジー家は何をやらかしたのだ？」

　陛下に、赤のフラーダが目撃した出来事を説明する。

　不穏な会話をしていた二人組の片方が獣王様で、もう一方がラムジー男爵家の者ではないかと。

「獣王と思われる人物と会っていた者か。獣王といえど、宮殿の警備を掻《か》い潜《くぐ》るのは難しいと思うが？」

「獣王様が暴動を収めたと聞きました。そのように活躍したばかりなら、獣王様へ取り計らおうとする獣人がいた可能性もあります」

　鵬族の獣王という、伝承の中の存在を目の当たりにし、さらには力の片鱗を見てしまえば、畏敬の念を抱いてもおかしくない。

　それに、皇族の何人かが時折お忍びで抜け出している。警備の者たちも、悪い意味での慣れが生じているのだろう。

　陛下はため息を吐き、警備面は別に調査すると仰った。

　軍部にルノハークの手がおよんでいたら、ネマだけでなく、皇族たちの身も危険だ。

「ヘリオス家、ラムジー家双方の調査はそちらにお願いしても？」

「あぁ。ヘリオス家はロスラン計画のこともある。もう一度、すべて洗った方がよさそうだ」

　ロスラン計画はネマの発案のせいか、かなり大がかりな事業になっていると聞く。

　そのような事業には、害虫が多く集《たか》ってくるしな。

「それと、暴動と賊は片づいたのですか？」

「暴動で捕らえた獣人のほとんどがイクゥ国からの難民でね。獣王が宮殿にいるからと集まったようだ。ただ、この騒ぎは陽動だったのかもしれない」

　陽動？　故意に暴動を起こしたと？

「ヴィルの話を聞いて、獣王が本当に番を探していたら、と考えた。獣王は宮殿に番が囚われていると思い、正門前で騒ぎを起こし、警備の隙を作って使節団の者たちに探させた」

　では、賊はイクゥ国の使節団の者だったのか⁉

　陛下に賊のことを聞くと、肯定で返された。

　尋問を行っても、誰も目的を吐かなかったそうだ。

「スライムを使ってでも？」

スライムを尋問に用いると、ほぼ全員と言っていいくらいに自白する。自分の体が魔物に食われていく恐怖に耐えきれないのだ。

「いや、軍の者が飼っているスライムたちは、皆ルノハークの方にかかりっきりでね。順番待ちだそうだよ」

陛下はスライムが大活躍している状況が愉快だというように笑った。

確かに、こんな用途でスライムが人気になるとは、誰も予想だにしなかっただろう。

ただ、食われる様子を見せるのであれば、他の魔物も使えるのではないか？

ゴブリンは雑食で、人を襲い食らうこともある。

コボルトはレイティモ山での生活を見てわかる。人を食らうことはほとんどない。動物の肉すらも、焼いた方が美味いと言うコボルトが多いくらいだ。

「ゴブリンでも同様のことが可能でしょう。ネマのためなら、協力してくれる魔物がいます」

そう提案してみると、陛下はすぐに首を横に振った。ネマに関わる魔物に、そのようなことはさせられないと。

「だが、提案自体は面白い」

ふと見せた悪どい顔。

大国の皇帝だから、聖獣の契約者だからといって、聖人君子ではない。

その力に驕《おご》ることなく、守るべきものを守る。

帝国の者たちはそれを長い歴史から学んでいる。知らぬは他国のものばかり。

残念ながら、ガシェ王国でもそうだ。

聖獣の契約者に相応しい行動をと言ってくる者たちの多さよ。

何を以て相応しくない行動とするのか。それすら理解していないのによく言える。

俺が馬鹿なことをしたら、ラースはすぐに諫めるだろう。半身であり、伴侶であるのだから。

セリューノス陛下のように、表と裏を上手く使い分けられる王となるには、まだまだ精進が必要だな。

「私にはダグラードという頼もしいオーグルがついているからね」

オーグルで思い出した。そういえば、捕まえたオーグルを届けたな。

オーグルに加減ができるのだろうか？　どう考えても、自白させる前に殺してしまいそうだが……。

とりあえず、ライナス帝国側に任せたいことはお願いできたので、ロスランについて尋ねた。

以前話に聞いた、ロスランの手記以外にロスランが残した物はないかと。

「ロスランの手記以外か……。そんなものが残っていたら、地下の宝庫で厳重に保管しているだろう」

つまり、あの手記以外は何も残っていないのか。

ギィや初代オスフェのように、どこかに隠してあるかもしれない。

霊廟で初代たちが残した手記や手紙のことを話し、また愛し子にしか読めない文字で書かれていることも伝えた。

「聖主は、愛し子と似たような能力を持っていると思われます。これらを読み解けば、聖主の正体を掴む手がかりがあるかもしれないのです」

聖獣と契約しなかったギィ。真名ではない、暫定的な契約のネマ。水の聖獣と契約したロスラン。

それぞれ状況が異なる愛し子。

カーリデュベルが語った聖主の能力がなんなのか、ギィやロスランなら知っていたのではないか？

「なるほど。歴代皇族の遺物については、トゥーエンの管轄だな。彼に調べさせよう」

トゥーエン伯父上は、学術殿時代から皇族の歴史を研究しており、個人的にも皇族に関係するものや皇族の私物を蒐集しているそうだ。

「ネフェルティマ嬢にその初代国王の手記を読ませるのだろう？」

「はい。なるべく早めに読んでもらおうと考えています」

「それならば、一時的にネフェルティマ嬢をガシェ王国に戻してはどうだ？」

突然の提案に、即座に反応できなかった。

陛下は、なぜネマを戻すべきかを語る。

まず一つは、獣王様や使節団の存在だ。彼らが何か企んでいる以上、側に置いておくのはよくないと。

二つ目は、警備面の不備だ。先ほども指摘した通り、なおざりになっている部分がある。それを調べ、是正するのにも多少時間が必要だろう。

そして三つ目。ラルフが光の聖獣であるディーと契約したこと。ディーが契約者と離れても問題ないのであれば、ネマが戻っている間、付き添ってもらえるのではないかということだった。

確かに、ネマの安全を考えたら、今はガシェ王国にいる方がいいかもしれない。

それに、ギィの手記に何か……ネマが衝撃を受けるようなことが書かれていた場合、オスフェ家の手助けが必要だ。

「では、その方向で話を進めます」

最後に、赤のフラーダのことも託す。

しばらくは、エルフの森にいてもらうしかないが、準備ができ次第、安全な場所で保護してくれると。

エルフの森に寄って、赤のフラーダに今後のことを伝える。

保護している間、依頼を受けることができないので、その期間の補償と秘匿事項の確認を行い、契約書に記す。

「……ここまでしていただかなくても」

ユーガ殿は恐縮しているようだが、彼らは証人でもあるのだ。

会話を聞かれていたと例の人物たちが知ったら、彼らを抹殺しようとすることも考えられる。

「貴殿らの腕前は十分承知している。しかし、今我々が対峙している敵は一筋縄ではいかない。貴殿らが敵に目をつけられ、襲われる可能性もある。警戒するに越したことはない」

不自由させることを詫び、何か欲しいものがあれば長に伝えるよう言って別れた。

長にも迷惑をかけることとなるので、何かお礼をしたいと言ったのだが、ネマを連れて遊びにこいと返される。それが精霊が一番喜ぶからと。

どこまでも精霊を尊ぶエルフらしいお願いだ。

ガシェ王国に戻ると、真っ先に父上のもとへ向かう。

父上にセリューノス陛下の提案を進言すると、側で聞いていたオスフェ公が壊れた……。

「陛下、そうしましょう！　皇帝陛下自らが、あちらは危ないと仰っているんです。今すぐ！うちの娘たちを呼び戻すべきですっ‼」

触れ合わんばかりに顔を近づけ、父上に熱弁を聞かせるオスフェ公。

「さぁさぁ！　皇帝陛下へ親書をお書きください！　あぁ、娘たちが戻るための準備は、私がしっかりと行いますのでご安心を！　さぁ、陛下‼」

圧が凄い……。

早よ書けと、オスフェ公は父上に筆を握らせようとする。ちゃっかり御璽も用意してある。

下手したら、一晩で全部準備が終わるのではないか？

俺は心の中で父上に詫びて、静かに部屋から出た。

オスフェ公に目をつけられたら、何をさせられるかわからないからな。

9 サプライズは計画的に！

お風呂で遊んだせいか、今日はなかなか起きられず、二度寝までしてしまった。

いやー、二度寝ってなんであんなに気持ちいいんだろうね？

遅めの朝食を食べ終わったし、今日はどんな引きこもり生活をしようかなぁ。

「ネマ様！　お着替えしますよ！」

ディーに寄りかかってだらけていた私は、スピカに抱えられて寝室に連れ込まれた。

寝室では外出用の服が用意されており、スピカに言われるがままそれに着替える。

「なんでお着替え？」

「さぁ？　パウルさんに言われたので、どこかにお出かけするんじゃないんですか？」

スピカと一緒に首を傾げ、何もわからないのにお出かけの準備が整っていく。

「ネマ、準備はいい？　さぁ、行くわよ！」

ババンッと寝室に入ってきたお姉ちゃんに手を取られ、わけがわからないまま部屋の外へ。

お姉ちゃんと私の前にはディーが尻尾を振りながら歩いていて、後ろではスピカが慌ててついてくる。

そういえば、パウルや森鬼はどこに？　いつの間にか魔物っ子たちの姿も見えない。

あれ？　って思っている間に、転移魔法陣がある部屋までやってきた。

部屋の中にパウルと森鬼、そして陛下とユーシェがなぜかいる！

「カーナディア嬢、ネフェルティマ嬢。しばしの間だが、ゆっくりしてくるといい」

「はい！　ありがとうございます」

陛下とお姉ちゃんのやり取りでいろいろ察した。

今、宮殿が騒がしいからどこかに避難するのだろう。

とはいえ、聖獣たちが感知できる範囲にいないとダメだろうから、近場の離宮でちょっと早いバカンスって感じなのかな？

私に一言も説明がなかったのは癪《しゃく》だが、お姉ちゃんの様子からして、サプライズにしたかったのだと思われる。

ユーシェが離れがたいと言うように、何度も顔を擦りつけてきた。力が強くて、何度もよろけるはめになったが……。

「なんかよくわからないけど、すぐに帰ってくるよ？」

ユーシェをなでなでしていると、陛下が私を抱きかかえた。

「ユーシェが心配するので、これを肌身離さず持っていてくれるかい？」

「へいか⁉」

……ん？　なんか既視感があるフレーズだな？

陛下から差し出されたのは、小さめのブローチ。小さいけれど、中央の宝石が物凄く主張してくる。

めちゃくちゃ綺麗な湖の水を固めて宝石にしたと言われても信じるくらい、透き通った水色をしていた。

「……いいんですか？」

びっくりして陛下を見つめると、ユーシェのお願いだからと言われた。

「ってことは、聖獣が作る玉《ぎょく》なのでは……」

私がおそるおそる聞いてみると、陛下の笑みが深まった。

陛下曰く、ユーシェが初めて作った水玉《すいぎょく》らしい。サチェやディーに作り方を教わったそうだ。

昨日、ディーと何やら話していたのはこれの件だったのかな？

「ちなみに、どんな能力が込められているんですか？」

お兄ちゃんから、聖獣が作る玉は聖獣の力を使う媒体になるけど、付与する能力も調整できると聞いたことがある。

ソルの竜玉《オーブ》はたぶん全部の能力が使えて、ラース君の風玉《ふうぎょく》はＧＰＳ機能とスピーカー機能、ディーの陽玉《ようぎょく》はこれまたＧＰＳ機能と懐中電灯《ライト》といった具合だ。

「ネフェルティマ嬢の居場所がわかるようになっているのと、水の中でも溺れず呼吸ができる」

ＧＰＳ機能は玉の固定装備なのか？

あと、水の中って昔のサスペンスドラマみたいに、崖から突き落とされたりすることを想定した機能⁇

それとも、お風呂でうっかり溺れる事故防止？

というか、水の中ってことは、海や川でも息ができるってことだよね。つまり、水遊びの幅が広がる！

「すごい！」

ディーの陽玉とユーシェの水玉があれば、レイティモ山の洞窟攻略も夢じゃない！

陛下からブローチを受け取り、どこにつけるか悩む。

こんな、いかにもお高い宝石です！　っていうのを身につけているときに限って、転けて傷つけたり、壊したりしちゃうんだよなぁ……。

考え込んでいたら、陛下が襟の開いている部分を指先で示した。ここにつけろってことだろう。

とりあえず、今は陛下の言う通りにして、あとで普段つける場所を決めるか。

「ユーシェ、ありがとう！」

水玉を作ってくれたユーシェにお礼を言うと、ユーシェはブンブンと首を縦に振った。

「名残り惜しいがそろそろ時間だ」

公務の時間が迫っているのだろう。陛下は私たちを魔法陣の方に促した。

「では、行って参ります」

お姉ちゃんは陛下に礼を執り、行き先を唱える。

「リューディア王宮！」

「えぇぇぇぇぇーーっ⁉」

リューディア王宮――それはまさしく、我がガシェ王国の王宮の正式名称。

ただし、正式名称で呼ぶ人はほとんどいないだろう。王都に宮殿的な建造物は王宮と王立学院しかないので『王宮』と言えば伝わるからだ。

他にも理由がある。今の王宮を建てた当時の王様が原因だったりする。

その王様、すっごいマザコンで、母親の名前を王宮に付けちゃったんだよねぇ……。

前世では、偉人の名前の空港や芸術家の名を冠する美術館があったけど、こちらではあまり馴染みのない文化だったりする。

しかも、何が気まずいって、その母親は当時ご存命だったんだよ！　つまり、王太后様！

そんな高貴な方のお名前を呼べるか！　ってなって、誰しもがただ王宮としか言わなくなったとか。

それが今も習慣として残っている。


私の叫び声が終わる前に、転移魔法が発動する際のキラキラが収まった。

殺風景な部屋は、宮殿の転移魔法の部屋と同じように見える。

「カーナ！　ネマ！」

パパンが物凄い勢いで突進してきて、痛みを感じるくらい強く抱きしめられた。

少しくらいは我慢……無理！　ギブギブ‼

背中の関節がポキッて鳴るくらい抱きしめられるとか、ちょっと怖いんですけど……。

「お父様！　ネマが苦しがっています！」

お姉ちゃんが一生懸命パパンを引き離そうとする。

「あぁ。カーナ、すまない」

そう言って今度はお姉ちゃんを抱きしめるパパン。

パパン、お姉ちゃんの言葉聞いてないいな。

たぶん、私を先に抱きしめたから、お姉ちゃんが拗《す》ねている的な妄想が頭の中で繰り広げられているのだろう。

私は解放されたので、ママンとお兄ちゃんに駆け寄る。

「おかえりなさい、ネマ」

ママンはふんわり優しく抱きしめてくれた。

お兄ちゃんもおかえりと言って、頭を撫でてくれる。

「おにい様、ディーを送ってくれてありがとう」

「いろいろ大変だったみたいだね。それより、こちらに来るとき凄く驚いていたけど、何かあった？」

お兄ちゃんに聞かれて思い出した。

「おねえ様が何も教えてくれなかったの！」

ママンもお兄ちゃんもあらって顔しているけど、行き先が王宮だとわかった瞬間の衝撃を察して欲しい。

「だって、ネマを驚かせたかったんだもの！」

パパンとお姉ちゃんもこちらにやってきた。

お姉ちゃんは、ドッキリ大成功とご満悦な様子。ニッコニコなお姉ちゃんの顔を見たら、怒るに怒れないよ。いや、怒ってないけどさ。

「さぁ、積もる話をするには場所を変えよう」

パパンに促されて、転移魔法陣の部屋を出る。

いやー、本当に王宮だわ！

ガシェ王国にいたときは、王宮が遊び場だったと言っても過言ではないくらい通っていたので、すっごく懐かしい。

ぞろぞろと集団で移動していると、廊下で待機している使用人たちが全員オスフェの者だということに気づく。

そういえば、転移魔法陣の部屋にもうちの者しかいなかったな。

王宮なのになんで？　っと思っているうちに、東棟のある階までやってきた。

東棟は全部王族のプライベートエリアだ。

そして、この階には王太子、つまりヴィの私室がある。

ヴィの私室は、ラース君も一緒に使っているのでとにかく広い。大まかに、居室、ラース君の部屋、寝室と、三つの部屋が繋がっている感じ。

パパンが扉を開いた部屋は、ヴィの部屋よりも手前の部屋で、私がいたときは使わないからと閉鎖されていた場所だ。

一度だけ覗いたことがあるけど、最低限しかない家具には全部布がかけられていて、寒々しい印象だった。

それがどうだろう。

今は落ち着いた色合いでシックな雰囲気になっている上に、見たことがある意匠の揃いの家具まで設置してある。あと、オスフェ家の屋敷と同じ匂いがするね。

……いやー、一瞬スルーしかけたけど、窓際にウルクがいたわ！　めっちゃ違和感なくマッチしているの、ある意味凄いよ。

他の魔物っ子たちも、私たちより先に寛いでいるし。

「この部屋、屋敷と雰囲気が似ているせいか、とても落ち着くわ」

みんなソファーに座って一息吐いたところで、お姉ちゃんが告げた。

お姉ちゃんはこの部屋を気に入ったようだ。

「それはよかった！　急いで準備させたかいがある」

喜んでいるパパンの膝の上には、ちゃっかり稲穂が居座っている。

パパンの強い火の魔力が心地いいのかも？

お兄ちゃんが耳打ちで教えてくれたのだが、この部屋の模様替えは今日の朝から行われ、そりゃあもうかなり無理をしたんだとか。

東棟なのに、我が家の使用人が待機していたのも、王宮の人たちでは力不足だと言って呼び寄せたらしい。

「でも、どうしてこのお部屋なの？　屋敷に帰りたい」

屋敷の雰囲気に似ていて居心地はいいとは言え、やっぱり実家の居心地のよさには敵わない。

「すまない、ネマ。ネマとカーナはあちらに戻るまで、王宮で過ごすよう言われているんだ」

ということは、一時的な帰省ってこと？

まったく説明されていないので、この帰省について詳しく聞いてみる。

「皇帝陛下から提案されたの。宮殿では落ち着かないだろうから、宮殿内の別宮か離宮でしばらく過ごすのはどうかって」

ユーシェを宥めるために、地下の源流の部屋で遊んでいたとき、陛下からそのような話をされたんだって。

あのときの状況からして、しばらくは自室から出られないような生活になるし、長引くと私が飽きて何しでかすかわからないからと。

それで、最初は近場を想定していたけど、ディーが来たことで、陛下の考えが変わったらしい。

ディーが契約者の側を離れられるなら、ガシェ王国で家族と過ごした方がいいだろうって。

その提案を聞いたパパンが、王様にお願いしてすぐにガシェ王国に帰省できるようにしてくれたそうだ。

ただ、警備面からオスフェ家の屋敷じゃなくて、王宮になったとのこと。

「王宮の方が、ネマも退屈しなくてすむだろうと言われてね……」

パパンは私とお姉ちゃんのために、いろいろ頑張ってくれたみたい。

でなければ、こんな特別待遇は許可されなかったと思うし、そもそも帰省自体が実現しなかったかもしれない。

「ううん。おとう様、ありがとう！」

パパンに感謝を込めてハグをすると、面白いくらいデレデレな、締まりのない顔になった。

「それから、この部屋の警備はうちの者が行うが、部屋から出る際は竜騎士と獣騎士が護衛につく」

「えぇぇっ⁉」

まだ特別待遇があるだと⁉

「ほら、ネマにはウルクがいるだろう？　だから、竜種に慣れている者でないと、いろいろ不安だと判断されてね……」

お兄ちゃんの説明につい納得しそうになったけど、その判断って誰がしたの？

まぁ、パパンだと思うが、ダンさんがムシュフシュに会いたいからと護衛に竜騎士をねじ込んだ可能性も捨てきれないぞ。

あと、本来、護衛するはずだった第四近衛師団の皆様が可哀想だ。

第四近衛師団は、自国の要人の警護警備が任務なのに……。ただでさえ、任務の機会が少ない部署なんだよ。

だから、よく王宮の警備の応援に回されるとかなんとか。

「ムシュフシュに怯えて、有事のときに動けなかったではすまされないからな」

少し苛ついているパパン。

護衛に竜騎士をと提案したけど、やっぱり最初は反対されたんじゃないかな？　縦社会の組織って、縄張り意識が強いと聞くし。

それでも最終的に竜騎士が護衛になったのは、それだけ竜種と行動を共にするのが難しいからだと思う。

毎日リンドブルムとリンドドレイクのお世話をしている竜騎士でも、不意の威嚇は対処できないそうだ。

竜の威嚇、殺気を含んだ咆哮《ほうこう》を聞いてしまうと、竜に食われる恐怖心から体が萎縮して動けなくなる。

人や大型動物はその程度ですむが、小動物や耳のいい獣人なんかはショック死することもあるらしい。

竜騎士の判断で竜に咆哮させるときは、風の魔法で自分や仲間の騎士に聞こえないようにしたり、萎縮を最小限にする小技を使う。

ちなみに、小技の方法は竜騎部隊秘伝の技なので、竜騎士は誰も私に教えてくれなかった。

その後、パパンはお仕事に戻り、お兄ちゃんもヴィの手伝いがあると言って別れた。

ママンは今日、一緒にお泊まりしてくれるらしい。

女性が三人集まればなんとやら……思いっきりおしゃべりに花を咲かせる。

誰と誰が婚約しただの、誰々が愛人に夢中だの、色恋沙汰な話題ばかりだったけど。

挙がった名前に、私の知っている人が一人もいなかったのは言うまでもない！

◆◆◆

翌朝、ママンはこの部屋から研究所に出勤していった。

今日は屋敷に帰るとのことだったけど、入れ替わりでパパンがお泊まりする予定らしい。

「今日は図書館に行ってみない？」

今日はどこに行こうかと悩んでいたら、お姉ちゃんに誘われた。

お姉ちゃんは、いなかった間に発売された本のチェックをしたいのだろう。

王宮の図書館はあらゆるジャンルの本が揃っているので、一日中いても飽きないけど……。

「ぎゃぁぅ」

ディーが可愛い鳴き声を上げ、何か訴えるようにこちらを見つめてくる。

「ディー、どうしたの？」

森鬼が近くにいないので、急いでスピカに呼んできてもらう。

森鬼だけを呼んだのに、パウルも一緒にやってきた。

「主の兄が来るから、部屋にいて欲しいと言っているぞ」

森鬼にディーの言葉を通訳してもらい、ディーにはちゃんと待っていると約束する。

「ネマお嬢様、ヴィルヘルト殿下からお手紙が届いております」

パウルから差し出された手紙を読むと、明後日時間を取って欲しいとのことだった。

フルネームで署名がされており、王太子からのお願いという体《てい》のほぼ命令だな。

明後日、丸一日潰れるかもしれないなら、いつライナス帝国に戻るかわからないし、早めに竜舎や獣舎に挨拶しに行った方がいいかもしれない。

「おにい様の用事が終わったら、竜舎か獣舎に行きたいんだけど？」

「護衛をどうするかと、ディーを同行させられるか確認しますので、少々お時間いただけますでしょうか？」

パウルの返答に、私は首を傾げた。

護衛はオスフェからもついているし、竜騎士や獣騎士もいるんでしょ？

「ネマお嬢様、魔物は竜種には近づけず、動物には怯えられることをお忘れですか？」

……………すっかり忘れてた！

竜舎に連れていけるのは、森鬼とウルク、あと隠れて白とグラーティアくらいか。獣舎はスピカ、ノックス、隠れグラーティア……。

というか、うちの子たち、ほとんどが王宮初めてなのでは⁉

「ウルクと稲穂は、もしかしてお外に出ないよう言われていたりする？」

ライナス帝国の宮殿のように、王宮で働く人たちが怯えてしまうので、見つからないようにしないといけないかも……。

「そこまでは言われておりませんが、ウルクを連れる際は竜騎士を同行させるようにと」

　あと、一つ問題があって……ウルク、竜舎の子たちと仲良くできるかな？

　ワイバーンをライバル視しているようなことを言っていたし、竜舎の子たちに会わせるのは危険だったりして……。

「ウルク、ここの竜たちに会いたい？」

『ここにはリンドブルムとリンドドレイクがいると言っていたな？　どのような奴らだ？』

「どのようなって……群れの長はギゼルっていうリンドブルムで、性格は冷静だけど、みんなが遊んでいるのを見守ってくれるアニキ！　って感じ。最年長はドラルっていうリンドドレイクで、すっごく穏やかなおじいちゃんだよ」

　あとは、やんちゃな子が多いけど、エリア姐さんみたいにしっかり者もいる。

『人に飼われている竜には会ったことないから、面白そうだな』

　おや？　意外と乗り気ですな。これなら、喧嘩せずに仲良くできるかも！

「じゃあ、あとでいっしょに竜舎に遊びにいこう！」

　ウルクと約束したので、廊下で護衛している竜騎士に、手はずが整ったらウルクを連れて竜舎に行きたいとお願いする。

「おぉ！　みんな喜びます！　あの子たちもネフェルティマ様に会いたがっていましたし、ムシュフシュが来ると知ったら仲間たちも……あ、失礼いたしました」

　竜騎士の食いつきっぷりにぽかんとしていたら、それを見た竜騎士が我に返った。

「ダン隊長には知らせておきますので、ご安心ください」

竜騎士が一緒にいた獣騎士に目配せすると、獣騎士は廊下の窓を開けて指笛を吹く。

すると、黄色とオレンジのグラデーションが美しい鳥が入ってきて、獣騎士の腕に留まる。

オウムやインコに似ているけど、冠羽《かんう》がないからインコの方が近いかな？

その鳥の脚には通信筒が取りつけてあり、竜騎士が書いた手紙を丸めて入れた。

「頼んだぞ」

獣騎士が鳥の背中を一撫でしてから、窓の外へ放つ。

「これでダン隊長に連絡が行きますので！」

王宮内での鳥を使った連絡は、獣舎の中のある連絡塔——伝達役の鳥たちが帰る場所に集められ、その後、各部署・個人へ伝えられる。

また、王宮内で使う鳥は、色彩の鮮やかな種類と決められていて、その子たちは王宮以外で使われることはない。

これは王宮で働く人たちや王宮を訪れた貴族への配慮でそうなったんだって。

猛禽類とかの格好いい見た目の子より、見目鮮やかで美しい子の方が怖くないし、目を楽しませてくれると。

「ありがとう！」

騎士たちにお礼を言って、ちょっとの間おしゃべりをした。

竜たちの様子を聞いたり、獣舎で生まれた赤ちゃんたちの自慢を聞かされたり。

赤ちゃん、可愛いんだろうなぁ。

「ネマ⁉　何かあったのかい？」

廊下の向こうから、お兄ちゃんが駆け寄ってきた。

廊下にいるだけで心配されるってどういうこと？

もしかして、私が脱走しそうとでも思われたのだろうか⁇

「おにい様！　お二人に竜舎と獣舎の様子を教えてもらっていたの」

「そうだったんだね」

お兄ちゃんは何もなくてよかったと、安堵の息を吐く。

「ネマ、みんなを連れて、中庭に行ってみない？」

中庭？　王宮の中庭と言えば、私の大好きな生垣の迷路があるね。

これは、中庭で遊ぼうってことだな！

「行く！」

閑話　大きな物事の裏には小さな問題が山積みになっている。　視点：セリューノス

ガシェ王国から届いた親書に戸惑いが隠せない……。

私がヴィルに伝えて、まだ色が二つも満ちていないが？

親書には、カーナディア嬢とネフェルティマ嬢の帰国をすぐに受け入れるとあり、ちゃんと御璽も押されていた。

少々早すぎる気もしないでもないが、私があちらの立場なら、同じように子供たちの帰国を急かすだろう。

子供たちが寝静まった頃を見計らい、精霊を通じてネフェルティマ嬢たちの側近であるパウルを呼び出した。

「オスフェ家のご令嬢たちの帰国のことだが、そちらには連絡が届いているかな？」

「はい。旦那様より早急にとご指示がございましたので、明日の昼までには出発できるでしょう」

淡々と答えるパウルに、私は苦笑した。こちらもいろいろ早すぎる。

「ゆっくり母国を満喫しておいで、と言ってあげたいところだが、早めに掃除をすませるよ」

表向きはカーナディア嬢の留学ということになっている。国の意向で帰国したことにしても、下手な勘繰りをする者が出てくるだろう。

ガシェ王国やオスフェ家に非はなくとも、評判を落とすことに繋がりかねない。

「陛下のご配慮に感謝いたします」

そして翌日。

彼らは本当に昼までに準備を終えた。

ガシェ王国側も誰かさんが夜通し、娘たちの帰国のために動き回っていたそうだ。

令嬢たちの前に、ネフェルティマ嬢が手懐けたムシュフシュやキュウビをガシェ王国へと送っている。

「陛下、旦那様よりこちらをお渡しするようにと言付かっております」

パウルから手渡され、その場で軽く目を通す。内容は、オスフェ家が独自に調べていた人物らの調査報告書だった。

これから行う掃除に役立てろということか。

「ありがたく受け取らせてもらおう」

その報告書をゼアチルに送るよう、ユーシェに頼む。

ネフェルティマ嬢らを見送ったあと、私は予定があって外出しなければならないので、内容の精査をゼアチルに任せるためだ。

カーナディア嬢に連れられてネフェルティマ嬢が来ると、なぜか困惑している様子だった。

ユーシェが早くと急かしてくるので、ネフェルティマ嬢にユーシェが作った水玉《すいぎょく》を贈る。

ネフェルティマ嬢は水玉を受け取るも、驚きで目を大きく見開いていた。

私からではなくユーシェからだと伝えると、ネフェルティマ嬢はすぐにそれが水玉であることに気づく。

水玉の能力や使い方を教えたあと、水玉は彼女の胸元に取りつけられた。

これでユーシェも安心してくれるだろう。

ネフェルティマ嬢の帰国に、一番反対していたのがユーシェだったからね。

前々から、ネフェルティマ嬢に水玉を渡したいと訴えていたユーシェだったが、玉《ぎょく》を作る感覚が掴めず。サチェやカイディーテに聞いても、彼らはこちらに来て一度も玉を与えたことがなく、ユーシェが持っている知識と大差なかったとか。

光の聖獣であるディー殿が、ネフェルティマ嬢に陽玉《ようぎょく》を与えたことを知り、ディー殿に教えを乞うことでようやく作れたものがあれだ。

形は私が決めてしまったが、身につけるのに不都合があれば変えればよい。

皆が転移魔法陣の中に立ち、カーナディア嬢が行き先を告げる。

「えぇぇぇぇーーっ⁉」

その姿が消えゆく中、ネフェルティマ嬢の叫び声だけが残った。

帰国自体、知らされていなかったのか……。

己の警衛隊と特命部隊を引き連れて、紘深《こうしん》の森へとやってきた。

時間が限られているため、ワイバーンを使って強行したが、獣人の者たちにはさぞつらかっただろう。

人員輸送用の籠から出てきた獣人たちは、少しでもワイバーンと距離を取りたいようで、誰も座り込んだりせずに足元をふらつかせながら歩いていた。

「何かに操られているように見えますね」

警衛隊の隊長を務めるイェッセが、彼らの姿を見て苦笑する。

「水の膜でにおいは防げても、気配はどうしようもできなかったからなぁ」

彼らが入っていた籠ごと水の膜で覆うことで、ワイバーンのにおいを防ぎ、彼らは目を閉じ、耳を塞ぐことでワイバーンの存在を感じないようにしていた。

しかし、自分たちが入っている籠を運ぶワイバーンの気配は、否が応でも感じてしまう。

死を感じる恐怖に耐えなければならないのは戦いの場面でも同じだが、生き物としての本能が強い獣人は猛獣の前にいる小動物の気分だったに違いない。

「ワイバーンの班は離れて待機。他は休憩にする」

ここから先は、獣人の隊員たちに運んでもらわなければならないものがあるので、彼らの回復を待つ。

「治癒魔法を使いましょうか？」

そうイェッセが提案してきたが却下する。

治癒術師たちには、このあと頑張ってもらう予定なので、魔力を温存しておきたい。

獣人たちが回復したところで、護送用の檻を開け、中身を取り出す。

熊《ゆう》族や馴《じゅん》族の者たちがそれを担ぎ、森の中へと歩みを進める。

精霊とユーシェの案内でかなり森の奥まで行けば、お目当てのものを発見できた。

「久しいな、ダグラード」

「何用だ」

久しぶりに会ったというのに、オーグルの長であるダグラードの態度は素っ気ない。

「少し手伝ってもらいたいことがあってね。こいつらを死なない程度に痛ぶってくれないか？」

私が合図を出すと、獣人の隊員たちが担いでいたものをダグラードたちの前に放る。

それは身動きできないよう拘束はされているが、目や耳は塞いでいない。目の前に現れた、おそらくもっとも恐れられている魔物の存在に、ガタガタと震え上がっていた。

「こいつらはなんだ？　すごく弱そうだ」

弱すぎて食指が動かないと言うように、ダグラードは冷めた目で転がるものを見つめる。

「そうだな……。私の縄張りに入ってきた敵、といったところだろう」

ダグラードにわかりやすく表現するも、それならば殺せばいいだろうと返された。

言葉をしゃべれてもダグラードは魔物。

こちらの都合を察するなんてことをするわけもなく、率直に投げかけてくる。

「陛下……」

大虎《だいこ》族の獣人が、私にある助言をしてくれた。

「ダグラード、こいつらで少し遊ぶのも楽しそうだと思わないかい？」

助言は、獲物で遊ぶと言った方が伝わるかもしれないというものだった。大虎族らしい着眼点だ。

「これでか？」

ダグラードは一番近いものを掴み上げ、じっくりと観察する。

「まぁいい。主はあんただ。あんたが遊びたいなら付き合うぞ」

長であるダグラードが承諾すると、他のオーグルたちが転がっているものに興味を示し始めた。

地面の上を転がしてみたり、掴み上げて振ってみたり。

「ひぃぃぃ……ぐぁっ……」

怯えている悲鳴の中に、苦痛を滲ませた声が混ざる。

骨でも折れたかな？

「わ、わたしたちに何かあれば、イクゥ国は黙っておりませんぞ！」

国家間の問題になれば、こちらが臆《おく》するとでも思ったのか、一人が叫ぶ。

「こちらの手札は十分にある。それに、お前たちくらいの者ならすぐに代替えが利くだろう。そんな状況で本当に国がお前たちを守るのか、試してみるのも一興《いっきょう》」

イクゥ国が何を言ったところで、こいつらが立ち入ってはならない場所に侵入した事実は覆《くつがえ》らん。

支援の打ち切り、難民の強制送還、国交断絶。こちらが取れる報復手段はいくらでもある中で、イクゥ国は最後まで批難し続けられるかな？

「……やっやめろっ！　くるなっ‼」

一体のオーグルが転がっているものの上腕に食らいついた。辺りには絶叫が響き、血のにおいが漂う。

「壊したなら治さねばな」

食らいついたオーグルからそれを引き離し、治癒魔法をかけさせた。

傷が治ると、もう一度オーグルの目の前に放り捨てる。

「食らうのはいいが、齧《かじ》る程度に留めてくれ。欠損した部位は再生できないからね」

食らいついたオーグルを真似て、他のものの腕を食おうとしていたオーグルらに忠告する。

彼らは心なしか残念そうな表情をしてから、少しだけ齧ってみせた。

群れの長のダグラードを真名で縛っているせいか、他のオーグルたちも私の言うことを聞いてくれた。

なんと言うか、これはこれで妙な楽しさがある。

素直に言うことを聞くオーグルが、可愛く見えてくるから不思議だ。

ある程度食われる恐怖を与えたところで、尋問を始める。

こちらの質問に答えなければ、肉づきのよい部分を少しずつ、部位を変えながらオーグルに齧らせた。

「じゅ……獣王様の番を探していた！　命令だったんだっ‼」

「それで、番とは誰だ？　あいにく、こちらには獣王の番を捕らえたという記録はなくてね」

番は誰かという問いには、再び口を閉ざした。

ちょうどよいことに、うっかりオーグルが深く食らいついてしまい、出血が酷いことに。

「一人、二人なら死んでも構わないだろう。放置しておけ」

痛みでもがいているものの隣に転がっているやつに、同じ質問を投げかける。

「ひぃぃぃ……お許しを！　あの方には逆らえず……」

「御託はいらん。して、番は誰だ」

「ぁ……か、カーリデュベル、そうしゅさいです」

あやつが獣王の番だと？

種族が異なる者が番になることはままある。

しかし、鵬族は創造主が獣人に授けた王だ。獣王の番に人が選ばれるなど、ありえないと言っていい。

「番を偽っているのか？」

「しっ知りません！　私が番様を知ったときには、すでにカーリデュベル様だったのです！　本当です！　信じてくださいっ……」

どうやら、カーリデュベルはずいぶん前からイクゥ国に関わっていたようだな。

「私は先に戻る。追従は一人でよい。こいつらは治療後、元の場所に戻しておけ」

イエッセに指示を出し、ダグラードのもとへ向かう。

「ダグラード、ありがとう。助かったよ」

「もういいのか？」

血のにおいで刺激されたのか、気乗りしていなかったダグラードも他のオーグルたちも物足りなさげだ。

「今度来たときは、手合わせでもしよう」

「本当だな？　次はおれが勝つ！」

初めてのときに、私に負けたことがよほど悔しかったのだろう。

次は勝つと意気込んでみせるダグラードの姿は、少しネフェルティマ嬢に似ていると思った。

◆◆◆

『魔族のところの地下に行くの？　だめだよ！　だめ‼』

宮殿に戻らず、飛竜兵団の竜舎に立ち寄ると伝えたら、ユーシェが怒り出した。

「地下には行かない。マロウと話がしたいだけだ」

マロウが住う家の地下には、精霊が立ち入れないようにされている。

魔族に伝わる術で、まだラーシア大陸に魔族が暮らしていた時代では、どの家庭にも術が施された一室が必ずあったそうだ。

精霊が立ち入れない場所は聖獣も嫌う。

その地下にカーリデュベルを捕らえてあるのだが、前回の様子からしてそう簡単に自白することはないだろう。

それよりも、マロウに聞いた方が早いと思われる。

『地下には行かない？　絶対？　約束する？』

「あぁ、約束する」

約束したことで落ち着きを取り戻したユーシェは、真っ直ぐにマロウの家へと向かってくれた。

マロウの家に到着すると、彼は渋々といった様子で私を迎え入れる。

「急に押しかけてすまないね」

「そう思うなら来ないで」

マロウは内向的な性格で、小さな声でしかしゃべれないため、風の精霊に声を届けてもらっている。

「聞きたいことがあるんだ」

「地下の人？　一応、元気だよ？」

カーリデュベルが死んでいないなら構わない。最低限の世話でよいと言ってあるので、死なない程度に元気ということだろう。

向かい合って席に座り、マロウに獣王の番のことを尋ねる。

「地下の人が獣王の番だって？　それはないね」

マロウははっきりと否定した。

「しかし、獣王本人が番だと言っているのを見聞きした者がいる」

「人や獣人は寿命が短いから忘れているんだろうけど、獣王は一定の周期で生まれ、必ず雄と雌が揃うようになっている。鵬《ほう》は二つで一つなんだ」

本来獣王とは、男女揃って獣王と成すそうだ。今代の獣王のように、片方だけでは獣王でないと。

「精霊たちなら知っているだろう？　今の獣王が生まれたときを」

鵬族の獣王誕生の一報を受けたのは、確か二十巡以上前ではなかったか？　そんな昔のことを精霊が覚えているとは思えないが……。

しかし、予想に反して精霊たちは覚えていた。

中位以上の精霊たちは、生まれた頃の獣王を面白半分で見にいったのだと言う。

『本当にわたしたちの色をまとっているか、確かめたかったのよ』

獣王は祝いの六色の羽根を持つ。

属性を表す四つの色をすべて持つものといえばクレシスチェリーしかないので、精霊たちの興味を大いに引いたようだ。

『小さな男の子と女の子がいたんだけど、いつの間にか消えちゃった』

「消えた？　女神のもとに旅立ったということか？」

聖獣はこちらの世界で役目を終えると、創造主のもとへ旅立つと言われている。

獣王も女神のもとではなく、創造主のもとへ行くのかもしれないが。

『世界に重要な生き物が旅立てば、わたしたちにもわかるわ。でも、あの小さな男の子にはそれがなかった。生きているはずなのに、存在を感じないの』

そんな不可思議な現象が起きているのに、精霊たちは原因を突き止めるようなことはせず、今まで放置していたようだ。

精霊は精霊術師や聖獣の契約者を介さないと、自分が司る現象以外で世界に関わることができない。獣王の片割れがどうなったか気になっても、どうしようもできなかったのだろう。

「それって、地下の人みたいに遮断部屋に入れられているからじゃない？」

中位精霊との会話に、マロウが割り込んできた。

魔族は、精霊が入ることのできない場所をそう呼んでいる。

彼らはエルフと同じく精霊を見聞きできるが、精霊との親和性は持っていないため、精霊術を使うことはできない。

また、エルフは精霊を尊崇《そんすう》しているのに対し、魔族はうるさい隣人……酷いときは害虫扱いする場合もある。

そのため、魔族が住む家には、精霊を入れないようにした遮断部屋が必要というわけだ。

術の範囲が広くなればなるほど文様を刻む量が増えるので、家全体ではなく寝室など部屋単位で施す。マロウの寝室も精霊が立ち入れないようになっていると聞く。

「やはりそうか。鵬族の男性がいるのであれば、どこかに捕らえられているのではないかと、ヴィルも言っていた。しかし、なぜ獣王はカーリデュベルを番と認めているのだろうか？」

「洗脳だと思う」

私の疑問に答えたのはマロウだった。

洗脳魔法は昔、今のように禁忌とはされておらず、一般的に使用されていたらしい。

彼の言う昔が、タビリス皇帝の時代なのか、それとも魔族がたくさんいた時代なのかわからないが。

「ぼくが隠れ里にいたとき、じじいに聞いた話だから」

いつの時代からか、黒をまとう生き物が忌避《きひ》されるようになった。

それゆえに、わずかばかり残っていた魔族は身を潜めるように暮らしていたという。

その魔族を保護したのが、ライナス帝国十一代皇帝シュルヴェステル。

魔族の存在は皇族にだけ伝えられ、代々密かに守ってきた。

とはいえ、隠れ住むのに飽きた者は同族がいるワジテ大陸に渡ったり、マロウのように人前に出なくてもよい職業に就いたりしている。

「魔族には洗脳魔法が効きづらいから、遊び感覚でかけ合うんだ。でも昔、他の種族にかけたら大変なことになったらしい」

「どう大変だったのかな？」

私に言うのは気が引けると、なかなか話そうとしなかったマロウを根気強く説得し、魔族が洗脳魔法で起こした騒動の話を聞いた。

まだこの大陸を魔族が支配していた時代、他の種族は魔族と友好関係を築いていた。

ただ、他の種族に比べ、人だけが弱かった。人は魔族の庇護下に入ることで、平穏に暮らしていたそうだが。

　そんな時代に愛し子が生まれた。愛し子は人だったために周囲の人々は気づかず、また魔族も精霊に好かれている程度に思っていた。

　愛し子が当時の地竜に出会い、竜玉を授かると状況が一変する。

　その愛し子が竜玉をどのような形にしたのか不明だが、邪な考えを持つ者に狙われるようになった。

　そして、魔族が愛し子に洗脳魔法をかけて、竜玉を奪おうとしたとき——神罰が下ったと。

　多くの魔族がラーシア大陸からワジテ大陸に移住したのも、その神罰が関わっているそうだが、詳しい内容まではわからない。

　おそらく、神罰が下らなかった魔族だけがラーシア大陸に残り、その中に詳細を知っている者がいなかったのだと思われる。

「だから、他の種族に洗脳魔法をかけることは禁じられているけど、番じゃない者を番だと信じ込ませることはできる」

「もし、獣王が洗脳されていたら、マロウは解くことができるかい？」

「たぶん？　他の種族にかけたことないからわからないや」

　一度、マロウに獣王を見てもらった方がよさそうだ。

「明日、獣王を呼び出す。その場にマロウも立ち会ってくれないか？」

「え？　やだ！」

嫌だとごねるマロウ。そこをなんとかとお願いする。

命令すればマロウは断れないが、マロウの命を預かっている身としては、そう易々と下せるものではない。

ただ端の方に立っているだけでいい、それも嫌なら部屋の隅に隠れててもいい。幾度も条件を変えながら、マロウと交渉する。

「ネフェルティマ嬢を早く安心させてあげたいのだが……」

急に帰国することになって、今不安に感じているかもしれない。

いつかは母国に帰るとしても、それは今ではなく、ネフェルティマ嬢が安全に暮らせるようになったときだ。

そのときは、宮殿の皆でしっかりと送り出してあげたい。

「……隠れてていいなら……」

ネフェルティマ嬢の名前を出したとたんに、マロウが折れた。

「あの子、竜種が大好きだって」

あぁ、ネフェルティマ嬢に同族意識を感じているのか。竜種が好きな仲間として、ネフェルティマ嬢のためならと承諾してくれたようだ。

「感謝する、マロウ」

マロウの家を辞し、宮殿に戻ると、ゼアチルとストハン総帥が待ち構えていた。

「公爵家とはいえ、いち家門がここまで情報収集能力を持っているとは恐ろしいです」

パウルから受け取った報告書のことだった。

他国の人物を他国で調べ上げる難しさは言うまでもない。

「使節団の者たちの身元およびライナス帝国に入ってからの動向は、こちらが把握しているものとほぼ同じでした」

「ほぼ？」

「一名だけ、こちらの情報と異なっております」

ゼアチルが私に渡してきた紙には、使節団のある人物について書かれていた。

「ドワーフだと？」

「はい。イクゥ国の商業組合代表とされていますが、彼……いえ、彼女はドワーフ族です。わざわざイクゥ国の戸籍まで用意してあり、イクゥ国の上層部の推薦で使節団の人員に選ばれていました」

オスフェ家の報告書では、我が帝国が保護しているドワーフ族のエレルーン殿が使節団を歓迎する宴で忠告してきたとある。

使節団のドワーフは、帝国が保護しているドワーフ族とは別の流《ながれ》の者で、得物《えもの》流だろうと。

そして、その得物流のドワーフはヘリオス伯爵と接触していたようだ。

「ここでヘリオスとドワーフが繋がるとはな……」

こうなると、以前ガシェ王国の国境で起きた戦いも怪しく思えてくる。

小国家群やイクゥ国で食い上げた元軍人たちが蜂起した事件。その元軍人たちはライナス帝国の鍛冶組合の刻印がある武器を使用し、拠点にはヘリオス家の紋章があしらわれた手紙があった。のちの調査で、鍛冶組合の刻印は精巧に作られた偽造品であると判明。ヘリオス伯爵も関与を否定しており、アーマノスを動かして調べたものの、ヘリオス伯爵家は綺麗なものだった。

今は再度洗い直しているところだが、ロスラン計画以外でイクゥ国と繋がりがないか、徹底的に調べた方がよいな。

「明日、どうにかしてそのドワーフの口を割らせよう」

ヘリオス伯爵とどのような関係があるのか、得物流自体がイクゥ国についているのか。聞かなければならないことはたくさんある。

「次は私から」

ストハン総帥が、やや緊張した面持ちで切り出す。

「獣王様が宮殿を抜け出したとされる件ですが、事実でした」

特命部隊に宮殿の警備面の実態調査を行うよう指示しておいたが、もうわかったのか。

「第三通用門の当番の者が、獣王様に頼まれて記録なしで出入りさせたと」

宮殿の敷地は広いため、用途別にいくつもの門が設置してある。

皇族や貴族が使う門は正門を含めて三つしかないが、通過するためには馬車から搭乗者まで厳重な検査が行われる。

宮殿で働く者や業者が使う通用門では、魔道具を使った検査を行っているが、その業務を担当している者が不正を行えば簡単に通れてしまうのは事実。

「名の誓いによる制裁は発動しなかったのか？」

ライナス帝国軍では入隊時に、皇帝への忠誠と帝国と帝国民を守ることを名に誓ってもらっている。

軍紀違反の内容によっては誓いの範囲外となるが、他国の者の出入りを許したことはさすがに……。

「エルフの者に確認してもらったところ、獣王様が国賓に当たるので逃れられたようです」

なるほど。

昔、私がガルディーとお忍びのために抜け出したとき、私が一緒だったからではなく、ガルディーが国賓扱いだったから門番に何も起こらなかったのか。

「それと、殿下方がしょっちゅう抜け出しているようですが、どういうことですかね？」

ストハン総帥から、弟と息子、娘の脱走記録を渡された。

ルイとアイセは理解できる。あの子たちは活動的な性格だからね。

テオは、趣味のものを探しにでも行っているのだろう。

クレイは少し意外だ。あの子はちゃんと手続きを行って出かけそうなのに。

問題はエリザだな。護衛を連れているだろうが、女の子なのにこんなにも抜け出していたのか？

「記録があるということは、一応届けているのだろう？」

「いいえ。こちらの記録は、警備部が各門で手書きで取っていたものを集計したものです」

これだけの事例があるなら、獣王も……と思っても仕方ないね。

「この子たちには私の方から軍紀を乱したとして処罰しておく。問題の当番だった者への処分は軍紀に則《のっと》ったもので構わない」

「御意に」

それにしても、次から次に問題が出てくるのはどうにかならないかね。

あの子たちへの処罰、どうしようか?

10 うちの庭師は鳥類特化型！

みんなでってことだったので、ウルクもなんとか部屋から出すことに成功した。

稲穂は、ママンが作ってくれたショルダーバッグにイン！

廊下にいた竜騎士と獣騎士も引き連れて……。

「ほ……本当にムシュフシュだぁぁ！　生きている間に見られるとは……」

ちょっと竜騎士のテンションがおかしくなっちゃった。

まぁ、竜騎部隊は竜種大好き人間の集まりなので、珍しいムシュフシュを近くで見られて興奮するのは仕方ない。

獣騎士も、竜騎部隊と一緒に行動することがあるからか、ウルクに怯えることなくマジマジと観察している。

「不思議ですよね。これで竜種だなんて……」

ムシュフシュは竜種っぽい特徴がほとんどないからね。しいて言うなら、鱗が原竜《げんりゅう》にちょっと似ているくらいか？

中庭への移動中も侍女などの姿はなく、見かけるのは立番している近衛騎士だけ。

その近衛騎士らがムシュフシュを見てぎょっと驚き、えっ？　えっ？　と二度見、三度見する様子は面白かった。

「こっちだよ」

お兄ちゃんについていくと、誰かがいた。

その人物に近づこうとしたとき——。

「バ、バギャーーーッ‼」

大きな鳴き声とともに、大きな翼を広げてバタバタと走り去っていく鳥。

「プルーマ⁉　待てっ！　あれはネマお嬢様だぞ‼」

鳥を追いかける人物がこちらに向かって叫ぶ。

「竜種に怯えているんでどうにかしてください！　ネマお嬢様！」

私はハッと覚醒し、日当たりのいいところで待っているよう、ウルクにお願いする。

念のため、パウルが側についてくれると言うので、お言葉に甘えることにした。あと、稲穂のことも託す。

急いでアイルとプルーマの後を追ったのだが……。

「プルーマ！　アイル！」

なかなか追いつけない！

プルーマ、鳥なのに走るの速いな！　それと、翼をバタバタさせるだけって、飛び方を忘れたんじゃなかろうな⁉

「がうっ！」

「ディー！」

ディーが追いかけてきて、私の前に回り込んでから伏せる。

どうやら乗れと言っているようだ。

「ありがとう！」

ディーの背中に跨《また》がり、再びプルーマとアイルを追う。

ディーに乗ったら、あっという間にプルーマに追いついた。

というか、ディーに気がついたプルーマが、自分から止まったのだ。

プルーマはいつもより弱々しく鳴き、ディーに何かを伝えている。

ディーも返事をするように鳴く。

通訳の森鬼は追いかけてこず、側にいないので、自分で一羽と一頭の会話を訳してみた。

プルーマは竜種に食べられると悲観していて、ディーはウルクはいい奴だよって説明してくれているんだ！　たぶん……。

「ディーの側は安全だからな。少しは落ち着いたか？」

アイルがプルーマの背中を撫でる。

しかし、プルーマはひょいっと一歩前に出て、アイルの手から逃れた。

プルーマから避けられ、手を宙に浮かべたまま固まるアイルの姿が、なんともいたたまれない。

「プルーマ、びっくりさせてごめんね」

プルーマの頭を撫でると、プルーマは甘えるように私の肩に嘴《くちばし》を載せ、うりうりと擦りついてきた。

よしよし。私がいない間、ちゃんと元気にしてたかな？

うりうりされながら、プルーマの全身を触っていく。

羽根は艶やかだし、筋肉も衰えてなさそう。だけど、ちょっと太った？　成長というにはふっくらして……。

プルーマの胸から腹部にかけて、ちょっとふっくらしている部分を触ると、驚きのあまり手を離してしまった。

もう一度、確かめるためにおそるおそる触ってみる。

表面の羽根は艶があり、サッと撫でればするりと滑るが、じっくり触ると羽軸《うじく》っぽい、わずかなぽっこり感も楽しめる。

そして、プルーマといえば羽毛！

少し押しただけでも、羽毛布団のような弾力を手のひら全体で感じられる。

指を入れてみると、どこまでも沈んでいくような深さ！　肌に触れるダウンは柔らかく、羽根の感触とは思えない！　ラース君のふわふわ胸毛に近いかもしれない……。

「プルーマ！　あなたの羽根は世界一よ‼」

この羽根なら、女神様をメロメロにできるかもしれないレベルで素晴らしい！

私がプルーマを讃えると、それに賛同する者が現れた。

「ネマお嬢様ならわかってくれると思っていました！　プルーマの羽根艶、最高でしょう？」

プルーマの羽根を堪能していたのにアイルに両手を取られ、上下にブンブン振られる。

「以前の羽質も悪くはなかったのですが、プルーマならもっとよくなると思って、餌を試行錯誤しまして！　換羽期に入る前に栄養が高い餌にして、新しい羽根に栄養が行き届くように適度な運動もさせて……」

すっごい勢いで、プルーマの羽質改善の取り組みを説明された。

プルーマの換羽周期は二年に一回で、秋頃に始まるそうだ。だいたい三十日から四十日かけて、全身の羽根が生え変わる。

鳥の種類によって、換羽周期、時期、期間、生え変わり方が異なる。

年一回だったり、季節ごとに変わったり、全身だったり、部分的だったりと、生息環境に合わせて様々なパターンがあるらしい。

また、全身生え変わる種類は換羽中は飛べないのだとか。当たり前だけど。

そして何より、換羽は凄くエネルギーを消費する。

短期間で新しい羽根を生成して生やすのだから、たくさん栄養を蓄えて挑まなければならない。

だから、アイルは特に魚の種類にこだわったそうだ。

まぁ、前世でも魚は健康にいいって言われていたし、赤身魚と白身魚では含んでいる栄養も違う。

アイルは料理長と一緒に市場に行き、魚の目利きを教わりながら自分で魚を選んでいたとか。

アイル……君の職業、庭師だったよね？

「それでアイル、その格好はどうしたの？」

いつもは庭仕事がしやすい作業服に帽子スタイルなのに、今はパウルと同じ執事服を着ている。

「さすがに作業服で王宮に入れないですから」

「でも、その服じゃなくてもいいんじゃ……」

庭師の印象が強いからか、アイルと執事服がマッチしていないんだよなぁ。なんというか、コスプレ感がある。

「ネマお嬢様がいらっしゃる間は、お嬢様の護衛兼プルーマの世話係としてお仕えしますので、これじゃないと駄目だとオルファンさんに言われたんです」

ん？　今なんて言った？　護衛……!?

「アイル、ごえいなんてできるの!?」

「僕、これでもオスフェ家の庭師ですよ？」

いや、そうなんだけどさ。

我が家の使用人、みんなスーパーマルチで多才な人が多いのは知っているよ？

執事や侍女は家人の側につく職業なので、多少の戦闘スキルを持っている人を雇っているお家も多い。

なので、我が家はみんな戦う執事と戦う侍女ばかりだ。

しかし、だからといって、庭師までもが戦う人だとは思わないじゃん！

「アイルが戦っているとこ見たことないけど？」

「鍛錬はお嬢様方が見ていないところで行っていますからね。屋敷が襲撃されたら、戦う姿が見られるかもしれません」

そんな状況になるなら見なくていいや。

アイルが言うには、アイルの師匠であるケービィーは土魔法での防御が得意らしく、パウルやオルファンでも敵わないんだって。

ケービィーの息子でアイルの先輩庭師も、土と水の二属性持ちで害虫駆除が得意とか。

ちなみにその害虫って、人間は含んでないよね？

そんなこんなで、アイルからプルーマの近況を聞いていると、お兄ちゃんたちが合流した。のんびり歩いてきたみたい。

「プルーマもネマに会いたいと思って、陛下にお許しをもらったんだ」

プルーマが王宮に入れたのは、お兄ちゃんのおかげだった！

お兄ちゃんにお礼とハグをして、プルーマにみんなを紹介する。

白、グラーティア、ノックス、森鬼は一緒に暮らしていた時期があるので、プルーマも警戒することなく受け入れていた。

「……へっくちっ！」

急に鼻がむずむずして、大きなくしゃみを放つ。

「にゅっ！　にゅぅぅにゅっ！」

黒が私の体から出てくると、嬉しそうにプルーマの周りを飛び跳ねる。

私が女神様の力で眠っている間、黒や灰たちが体から抜け出してプルーマと遊んでいたと、お兄ちゃんが教えてくれた。

お兄ちゃんに寄生している灰たちは、今もたまに抜け出してプルーマと遊んでいるらしい。

私についてきた黒だけが、ずっとプルーマに会えていなかったから、久しぶりの再会を喜んでいるようだ。

じゃあ、他のスライムはどうかなと、プルーマが初めましてな青と葡萄を見せてみた。

双方とも興味を示し、プルーマは嘴で青を転がしたりして、仲良くできそうな感じだ。

ちなみに紫紺はウルクと一緒にいるので、あとで紹介するつもり。

次は星伍と陸星だが、二匹が近づいたとたん、プルーマがゆっくりと後退りし始めた。

ウルクほど怖くはないけど、近くにいたら落ち着かない感じかな？

星伍と陸星でこの反応なら、稲穂はもっと無理だろう。

星伍と陸星の方は、新しい友達ができると思ったのに避けられてしまい、しょんぼりしてしまった。

「星伍、陸星。プルーマはノックスと違って訓練を受けてないの。だから、プルーマの怖いって気持ちもわかってあげて」

星伍と陸星も最初はウルクを怖がっていた。

森鬼の方が強いと判明したことと、同じ空間で過ごすことで、今は同居人くらいの距離感になっている。

「星伍と陸星は怖くないよってこと、時間をかければわかってもらえるからね」

今回は無理せず、本当にお家に帰れてからゆっくり慣れさせることにしよう。

星伍と陸星の次はスピカを紹介したんだけど、先ほどとは逆で、スピカの方がビビっていた。

「ネマ様、あの鳥、すっごく怖い顔していますけど、突っついてきたりしませんよね？」

「失礼だろ！　プルーマは凄くいい子なんだぞ！」

私じゃなくて、アイルが答えた。

そんなアイルの頭の上に、ノックスが留まっている。

どうもノックスは、パウル以外の大人の男性なら、頭に乗ってもいいと思っているみたい。

森鬼がほいほい頭の上に乗せるから、男性の頭の上は休憩所って認識になったのかな？

まぁ、アイルにとってはご褒美だから放っておくか。

「スピカ、大丈夫だよ。プルーマ、人を見る目はあるから！」

プルーマがアイルにそっけないのは、アイルが度を越した鳥好きで、鳥になら何をされても構わないという、ちょっと変わった嗜好《しこう》の持ち主という部分が大きいと思う。

ちゃんと好意を寄せてくれる人には、プルーマも友好的だ。

「ネマ様の専属侍女のスピカです。プルーマさん、よろしくお願いします」

ぺこりとお辞儀をするスピカ。バギャーと返事をするプルーマ。

なんでプルーマに丁寧語？　もしかして、プルーマの方が先輩だと思ってる？

「名付けたのはスピカの方が先だから、プルーマよりおねえさんだよ？」

「そうなんですか？　じゃあ、私の妹分？」

……プルーマの性別、確かめたことなかったかも？

アイルにプルーマの性別を知っているか聞いてみたら、雄だと言われた。

「バンドゥフォルヴォステの雄は脚の色が鮮やかで、雌は色味が薄いんです」

バンなんちゃらの雄雌の見分け方は脚の色なのか。

確かに、プルーマの赤い脚は発色がいいと思う。雌を見たことがないから、どれくらい鮮やかさが違っているのかわからないけどさ。

「プルーマは男の子だって」

「では弟分ですね！」

ちょっと怖がりながらも、プルーマを弟分として受け入れようとするスピカは本当にいい子だ。

いい子いい子と褒めてあげてると、スピカは尻尾を振って喜びを表現する。

スピカの次は海の番だけど、意外なことが起きた。

海が近づくと、案の定プルーマは怖がっていた。しかし、よろしくと海が一声かけただけで、プルーマもよろしくといったふうに鳴いたのだ。

海も一応魔物だから、星伍と陸星のときのようになると思ったのに……。

「なんで⁇」

「主、僕、セイレーンだよ？」

うん、知ってる。セイレーンから生まれた伝説級の雄のセイレーンで、なぜか四つの形態に変化できる、ある意味スライムレベルで謎の多い魔物だよね。

「セイレーンは声で惑わせて、ご飯食べる」

惑わせてご飯……間違ってはないけど、なんか違う気がする。

この世界のセイレーンは、海と同じく形態変化の能力を持つ。一つは人魚の姿、もう一つは女面鳥身な姿。

美しい歌声で他の生き物を惑わし、業《ごう》と呼ばれる魂の成分……ある種の生体エネルギー的なものを食らう。

ミューガ領に生息しているセイレーンは気に入った人をさらったりもするそうだ。

神様が面白がって、地球産のセイレーンやハルピュイア、ニンフなどの性質を混ぜて創った魔物だと思われる。

地球じゃない世界に同じような生き物がいる可能性もあるけど……。

「つまり、プルーマをまどわせたと？」

「警戒しなくなる。主、仲良しだとうれしい？」

私が仲良くして欲しいと望んだから、仲良くするためにセイレーンの能力を使って懐柔《かいじゅう》したってこと？

「仲良くしてくれるのはうれしいよ？　でも、能力を使ってプルーマの気持ちを変えるのは違うと思う。ちゃんと、海はいい子で、小さい子思いで、海のいいところを知ってもらって、仲良くなれたらいいなって」

みんなのお兄ちゃんとして、稲穂やスライムたちの遊び相手をしてくれたり、私のためにいろいろ動いてくれたり、海がプルーマを害する存在ではないと理解してもらいたい。

もし、生き物としての本能で、プルーマが海の存在を受け入れられなかったら、そのときはそのときだ。

ウルクのように適度な距離を保ちつつ共存はできると思う。

「僕、いい子？」

「海はいい子だよ？」

よしよしと頭を撫でてあげれば、海は嬉しそうに目を細めた。

海の声で惑わされたプルーマも、時間が経てば元に戻るということだったので、様子を見ることにした。

「そういえば、プルーマはどこで過ごすの？」

私がライナス帝国に戻るまで一緒にいるってことは、プルーマも王宮で過ごすことになる。

私とお姉ちゃんが使っている部屋はまだまだ余裕あるけど、ウルクと稲穂がいるので寝泊まりはさせられない。

「護衛たちの控室として一部屋もらっているので、そこで僕と一緒に生活します！」

アイルがそう返答するも、僕と一緒にの部分にやたらと力がこもっている。

彼女と初めてのお泊まりデートみたいなテンションだな……。プルーマ、雄だけどさ。

◆◆◆

「プルーマ、あーん……」

　プルーマは大きな嘴をパカッと開けて、私はその中に向かって魚を投げ込む。

　小刻みに頭を動かして魚を丸呑みすると、プルーマは再び嘴を開けておかわりを要求してきた。

　森鬼に支えられながら、プルーマにせっせと魚をあげているが、これがなかなかに楽しい！

　前世でも、ペンギンやイルカの飼育員さんが餌をあげているのを羨ましく思っていた。私も餌をあげてみたいと。

「あ……ごめん」

　コントロールが上手くいかず、魚の向きが横になってしまった。

　プルーマは一度吐き出すと魚の頭を咥え、上を向いて器用に呑み込んでいく。


　私にとっては楽しい給餌タイムだったが、あとでちょっとした異臭騒ぎになった。

　夜の護衛をする面々が出勤し、控室に使っている部屋に入ってくるなり、第一声が……。

「……この部屋くせぇ！」

　我が家の護衛係であるマックスが鼻を摘みながら叫ぶ。

「魚のにおいですね」

　一緒にきた獣騎士と竜騎士は平然としている。

　やはり職業柄、こういったにおいには慣れているのだろう。

　とはいえ、部屋が生臭いのはいただけないので、森鬼に部屋の換気をお願いした。

「あぁ、バンドゥフォルヴォステの食事時間でしたか」

さすが獣騎士！　プルーマの種類をさらりと言ってきた。

「バン……なんだって??」

マックスは上手く聞き取れなかったのか、私が初めて聞いたときと同じリアクションをする。

「バンドゥフォルヴォステですよ。バンドゥフォルヴォステ！」

マックスに言い聞かせるようにプルーマの種類を連呼する獣騎士に、なぜかアイルが無言で握手を求める。

夜番の獣騎士は鳥好きなのか、獣騎士も無言で力強く握手を交わす。

一瞬で意気投合した二人は、鳥談義に花を咲かせた。

知らない鳥の名前ばかり出てくるのはさすがだなって思うけど、どんどん専門的な話になっていってついていけない。

「プルーマ、身の危険を感じたら、すぐに私や森鬼に言うのよ？」

「バギャー！」

好きって気持ちがいきすぎて、プルーマに変なことをしないとも限らない。

私自身、人のこと言えないが、プルーマは私が守る！

プルーマの食事が終わったら、今度は私の食事タイムだ！

ということで部屋に戻り、夕食が届くのを待っていると、ご飯より先にパパンが来た。

「ネマ！　カーナ！　今日は私が一緒に泊まるからね」

仕事終わりのせいか、テンション高めのパパン。

私たちと過ごすために、大急ぎで今日の分の仕事を終わらせてきたらしい。

そんなパパンと楽しくおしゃべりしながら夕食を食べ、お風呂上がりに髪を乾かしてもらい、さぁ寝るぞってなって問題が発生。

「さすがにお父様とご一緒というわけには……」

お姉ちゃんがちょっと気まずそうに言葉を濁す。

「私たちは親子だ。問題ないだろう？」

パパンは娘二人と一緒のベッドで寝たい。お姉ちゃんはママンが一緒ならまだしも、この歳になってまで父親と添い寝は遠慮したい。

お姉ちゃんの反応はもっともだろう。パパンにとっては、お姉ちゃんも小さい頃と変わらない感じなのかもしれないが。

「おとう様は、私といっしょに寝よう？　おねえ様は……」

この部屋にはベッドが一つしかないので、お姉ちゃんが別に寝るとしたらソファーくらいしかない。

「そういうことでしたら、カーナお嬢様はシェルの寝台をお使いください。シェルは隣の部屋で休ませますので」

パウルがそう提案してきたが、そうしたらシェルが男ばっかりの部屋で休むことになるが大丈夫か？

不安要素を伝えると、パウルは問題ないと言い切る。

隣の部屋だけでなく、この階の警備をしているオスフェの使用人たちが寝ずの番をやるし、シエルもそこそこ強いので簡単に襲えないだろうって。

襲われないじゃなくて、襲えないというのがミソだ。

「お父様、それでよろしくて？」

「……仕方ないな」

パパンはお姉ちゃんからの拒絶がショックだったのか、肩を落としてしょんぼりしている。

「おねえ様は立派な淑女だもの。おとう様も紳士の対応をするべきよ！」

パパンの肩をポンポンしようと思ったが、手が届かなかったので腰をポンポンしておく。

「それは理解しているが、子が離れていくのは淋しいことだ」

パパンは当分、子離れはできそうにないな。

「私がいっしょに寝るから、淋しくないでしょ？」

私がお姉ちゃんの分まで甘えるから、それで我慢しておくれ。

パパンを介抱しながらベッドに移動する。

お姉ちゃんから感謝の眼差しを受けたが、私としてはお姉ちゃんを追い出すようで申し訳ない。

パパンと二人でたわいもない話をしながら、いつの間にか寝ていた私だが……起きたらパパンを下敷きにしていた。

自分のことながら、どんな寝相でこうなるんだろうね？

11 獣舎と竜舎にご挨拶回り。

パパンと朝ご飯を食べながら、今日は竜舎と獣舎に遊びにいきたいことを告げる。

「そうか。大丈夫だと思うが、怪我しないよう気をつけるんだよ？」

「はーい！」

こちらにいたときはしょっちゅう遊びにいっていたからか、パパンはすんなり許可をくれた。

しかし、ここでパウルが一言。

「竜舎や獣舎に、魔物たちを連れていくのは問題になりませんか？」

パパンはハッとした顔をしたのち、何やら考え始めた。

白は珍しい人懐っこいスライムとして、王宮でもそこそこ認知されている。見かけたことがある竜騎士や獣騎士もいるだろう。

グラーティアは基本、お外にいくときは私の髪の中に隠れているので、知っている人はわずかじゃないかな？　竜舎や獣舎でも、竜や動物たちの気配にビビってずっと私に隠れていたしね。

「セーゴとリクセーはシアナ計画で仲良くなったと言えばいいだろうが、イナホは……」

稲穂はまだ子供とはいえ、大人になればオーグル以上に恐れられているキュウビだからねぇ。

稲穂が呼ばれたと勘違いして、パパンの足元にやってきた。

「きゅう？」

「今日も可愛いな。おいで、魔力をあげよう」

パパンは稲穂を膝に乗せて、稲穂の背中を優しく撫でる。

魔力をと言っていたので、パパンは手から火の魔力を放出しながら撫でているのだろう。

稲穂は気持ちよさそうに目がとろんとしている。いつぞやのときみたいに、魔力をあげすぎないでおくれよ？　危ないから。

「……イナホ、今日は私と一緒に過ごすか？」

「きゅうん？」

パパンっ⁉　急に何を言い出すの⁇

「旦那様、さすがにそれはいかがなものかと……」

パパンの突拍子もない発言に、あのパウルが困惑しているだと⁉

「私の魔力で手懐けたことにすれば問題ないだろう？」

「旦那様はしばらく、ライナス帝国へ訪問されておりませんが？」

確かに。ママンはプシュー作戦の関係でライナス帝国に来てたけど、パパンはガシェ王国にお留守番だったもんね。

「それこそ、ネマが保護したと事実を言えばいいだろう。シアナ計画のおかげで、ネマが魔物に友好的だとある程度知られているしな」

そうなのか……。それは知らなかった。

「それなら、わたくしと一緒でもよろしいのではなくて？　お父様のことですから、他に目的があるのでしょう？」

パパンはお姉ちゃんに正解とでも言うように笑う。

その笑い方が悪役みたいでちょっと格好いい！

「私がイナホを連れて回れば、ネマが戻ってきたときにイナホと一緒でも受け入れやすくなるだろう？」

なんと！　ただ可愛い稲穂をみんなに見せびらかせたいだけじゃなかったのか‼

確かに、火の特級魔術師でもあるパパンが手懐けているという方が、説得力も安心感もある。

「さすがお父様ですわ！」

「おとう様、ありがとう！」

嬉しくてパパンに抱きついたら、たちまちいつものデレデレなパパンに……。さっきの格好いいパパンどこ行った⁉

こうなってはパウルも反対することはできないようで、パパンに釘を刺す程度だった。

「急にキュウビが現れては、他の方にご迷惑をかけるおそれがございます。まずは、陛下より許可をいただくのがよろしいかと」

「それもそうだな。陛下に今から伺うと、使いをやってくれ」

私たちが朝ご飯を食べているんだから、あちらも食事中なのでは？　そんな時間に押しかけるの、迷惑だと思う。

でも、パパンは王様のスケジュールを把握しているだろうし、もしかしたら隙間時間の可能性

もある。

そしてパパンは、パパッと食事を終えると、すぐに戻ると言い残して出ていった。

「わたくしたちはゆっくりいただきましょう」

お姉ちゃんに朝ご飯の続きを促され、しっかりと味わって食べる。

最後に残しておいた好物のペシェを頬張る。

ペシェは桃に似た果物で、歯がすっと通る柔らかな果肉に、これでもかっていうくらい溢れる甘い果汁がとにかく美味しい！　よくお菓子にも使われている。

朝からペシェが食べられるなんて、いい日だなぁ。

「こちらのペシェは、王妃様がお嬢様方のためにご用意してくださったものです」

パウルに言われて、次のペシェへ伸ばしていた手が止まった。

王妃様が用意してくれたということは、本来は王妃様に献上されたものなのでは？　どうりで美味しいわけだ。

「まぁ！　王妃様はネマの好物を覚えていてくださったのね」

お姉ちゃんが一緒にお礼の手紙を書こうと言うので承諾する。

王妃様に献上されるくらい希少で美味しいペシェをじっくり味わう。うむ、美味！

食後はパパンが戻ってくるのを待ちながら、お姉ちゃんとお礼の手紙を書く。

ほとんどの文面はお姉ちゃんが書いてくれたので、私は美味しかったことと、ありがとうございますしか書いてない。

それからパパンが戻ってきて、本当に王様から稲穂を連れ歩く許可をもらってきた。

「自由に動けるのは私の執務室だけだが、できるだけ王宮を散歩しよう」

「きゅっ！」

パパン、仕事をせずに稲穂と遊ぶ気満々じゃん！

稲穂は新しい遊び場に行くと思っているようで、尻尾を元気よく振り回しながらパパンに抱っこされる。

稲穂を抱いて意気揚々とお仕事に向かうパパンを、私とお姉ちゃんで見送った。

本当に大丈夫かな？　ちょっと心配……。


パパンの許可も出たことだし、午前中は獣舎、午後は竜舎にお邪魔する予定だ。

まずはパウルと相談しつつ、護衛にあたっている竜騎士と獣騎士の意見も取り入れながら、連れていくメンバーを決める。

白とグラーティアはいつも通り、私の髪や服の中に隠れてもらい、両方に同行させる。

森鬼も両方に同行してもらうが、動物に怯えられるので、獣舎では詰め所で獣騎士のお手伝いだな。

ノックスももちろん連れていく。ノックスにとっても里帰りだしね。

スピカは、狼《ろう》族の獣人ということで小動物系には怯えられるかもしれないけど、十分に訓練している子たちは大丈夫だろうって。

星伍と陸星は、獣舎に入る前にランドウルフと会わせてから判断した方がいいと言われた。

プルーマの反応を見る限り、訓練している子でも怯える可能性は高そう。

あと、獣騎士からの熱い要望で、プルーマも連れていく。

竜舎の方は、白、グラーティア、森鬼、ウルクのみになるので、竜舎までの道中、我が家の護衛係が同行することに決まった。

残念ながら、海と青、葡萄は一日中お留守番だ。

その代わり、お姉ちゃんが遊び相手になってくれるそうなので、退屈はしないと思う。

お姉ちゃん、青と葡萄に手品をするって張り切っているから。


獣舎に向かうと、出入り口の門のところで、獣騎士たちがずらりと待機していた。

「ネフェルティマ様‼　お待ちしておりました‼」

お久しぶりな顔ばかりだが、ちらほら知らない獣騎士もいた。新人さんか、国境沿いの砦から異動になった人かな？

スノーウルフだった頃のディーを薄茶色にした大きなわんこ……もとい、ランドウルフが二匹、獣騎士の足元にお座りをしている。

さてさて、星伍と陸星を見てからの反応はいかに！

ドキドキしながら、うちの子とランドウルフの初顔合わせを見守る。

星伍と陸星が挨拶しようとランドウルフ二匹に近づくと……獣騎士の後ろに隠れ、耳はぺったんこ、尻尾を股に挟み、挨拶どころではなかった。

「くぅぅん……」

「わぅぅ……」

星伍と陸星に怯えるランドウルフたち。お尻で後退りするほどダメなのか。スライムにはそこまで警戒したりしないいんだけどなぁ。ということは、大きさが問題なのかもしれない。

「おいおい、急にどうした？」

「ムシュフシュのにおいがするのかもな」

「そういえば、当番から戻ったらシルーに怯えられた……」

実は俺もと、もう一人、当番上がりに獣舎の動物に怯えられたと名乗り出す。

獣騎士たちの場合、ウルクのにおいだけでなく、他の魔物っ子たちのにおいもついていたから怯えられたんじゃ……。

魔物っ子たちのことは、シアナ計画で仲良くなったことにするらしい。聞かれたときだけそう答えるようにってパパンに言われた。

大ぴらに公表するわけではないので、ウルクには申し訳ないが、ここはウルクのせいってことで乗り切ろう！

「じゃあ、星伍と陸星は森鬼と一緒に獣騎士さんたちのお手伝いをしようか？」

魔法でにおいを飛ばせば大丈夫、なんてことを言われないうちにさっさと決めてしまう。

「ワンッ！」

「ワンッ！」

お返事が綺麗にハモって気持ちがいい。

星伍と陸星は森鬼にお願いして、レッツゴー！


意気揚々と獣舎に入ったはいいが、行く先々で獣騎士に呼ばれ、足止めされる。

私が……ではなく、プルーマが‼

バンなんちゃらが珍しいのか、それともプルーマの羽根が素晴らしいからか、獣騎士たちは興味津々な様子。

中には、プルーマに魚をあげようとする獣騎士までいて、アイルが必死に止めていたのがちょっと面白い。

「あ！　レスティン‼」

「ネフェルティマ様、お久しぶりです。お元気そうですね」

レスティンはしっかりとした足取りで歩いてきた。

プシュー作戦に参加していた姿は見たけど、改めて怪我が完治しているのがわかってよかった！

「もうけがは平気？」

「ええ。ネフェルティマ様のおかげでこの通りですよ」

なんか含みのある言い方をされたんだが……？

「もしかして……薬が苦かった？」

思い当たるのは、レスティンの怪我を治すために作ってもらったエルフの秘薬くらいか？

それとも、獣騎隊でこういうのやるのはどう？　って提案したアレがまずかった⁇

「とても薬とは思えないほど、くっそ不味いものを飲ませやがりくださいましたよ。ラルフリード様が！」

レスティンが壊れた‼　そんなに薬が不味かったの？

アニレーとトマという魔生《ませい》植物と、ペェバンという虫を材料に作られたエルフの秘薬。

その材料集めには私も参加していた。

アニレーを私は見ることできなかったけど、フィリップおじさん曰く、月夜に咲く大ぶりの花弁が美しい花だって。その花の蜜なら甘いと思うじゃん？

トマも緑の綿毛……ケセランパサランみたいな見た目をしており、そんなに不味そうな感じはしなかったけどなぁ。

「しかも毎日ゼルナン将軍に見守られながらくそ不味い薬を飲まなければならなかった僕の気持ちがおわかりですか！」

お、おぅ……。一気に早口で捲《まく》し立てられた。そんなに恨めしく思っていたのか。なんかごめんよ。

そんなくそ不味い薬で快癒したレスティンをお供に、まったりと獣舎内を散策していると、ワイルドベアーがお昼寝している姿が見えた。

丸く蹲《うずくま》るのではなく、草の上に腹這いで四肢を投げ出す姿には、もはや野生味は残っていない。

なんなら、その子の背中で鳥が休憩しているくらい、長閑《のどか》な風景の一部と化している。

「そういえば、ベイは城塞の方に行っているんでしょう？　けがはしてない？」

「よくご存じですね……。もしかして、城塞の敷地に侵入したのはオスフェ家の者ですか？」

レスティンの眉間に皺が寄る。

森鬼たちが移動の際に、獣舎の子たちとやり合ったことは知らされてなかったみたい。これは藪蛇だったわ……。

えへへって笑って誤魔化すも、レスティンは流してくれなかった。

「宰相閣下に、次からは必ず、我々にご相談くださいとお伝えください」

「はーい」

次があるかわからないけど、パパンにはちゃんと伝えておこう。

それから、城塞の子たちの様子を聞いた。

森鬼たちとやり合ったあと、しばらくは興奮していたようだが、特に怪我などはなかったらしい。

その子たちはまだ城塞にいるので、お詫びを兼ねた差し入れを送ろうかな。

最後に犬舎に立ち寄る。

ここには私の推しのオオカミ一家がいるのだ！

ウルフ種は出産時期以外は基本放し飼いエリアに放たれているが、今日は私が来ると聞いて、犬舎の庭に呼んでくれていた。

「セロ！　セラ！」

庭で仲良く添い寝している二匹を見つけ、思わず名前を叫ぶ。

二匹はゆっくりと頭を持ち上げ、周囲を確認するように耳を動かし、においを嗅ぐ。

「わんっ！」

「わわわわぅん！」

セロとセラが私に気づく前に、他の子たちに気づかれた。

「みんな元気だった？」

大きな体にのしかかられながらも、集まってきた子たちをわしゃわしゃと撫でる。

大きな体に真っ白な毛並み、懐かしく感じるディーと同じ姿。

この子たちはスノーウルフで、長であるセロとセラの子供や兄弟たちだ。

「どこかで水浴びしてたの？」

群がってきた数匹は、毛が湿っている状態だった。

若い子たちは好奇心旺盛なので、すぐに別のものに興味を移す。

「わわわ……ネマ様！」

若い子たちに囲まれて、狼狽えるスピカ。

「スピカは狼族だし、新しいお友達だと思っているのかもね」

「そういうことですか。私はスピカです。仲良くしてくださいね」

スピカは自分の匂いをスノーウルフたちに嗅がせ、スピカもスノーウルフたちに近づいて匂いを嗅ぐ。

一歩近づいて匂いを嗅ぐのが、狼族同士の挨拶らしい。

さすがに他の種族にはやらないみたいだけど。

祖を同じとする者同士、何か感じるものがあるのか、一匹のスノーウルフがスピカのスカートを引っ張って遊びに誘う。

「じゃあ、誰が速いか競争しましょう！」

そう言うやいなや、スピカは駆け出す。そのあとを追うスノーウルフたち。

「やはり、獣人は動物と仲良くなるのが上手いですね」

スピカがすぐに受け入れられたからか、レスティンがしみじみといった様子で呟いた。

「レスティン、ひょっとして獣人に生まれたかったとか思ってる？」

「ええ、少しですが」

確かに、自前のもふもふがあるのは心惹かれるよね。

しかしだ！

「森鬼みたいに、種族によっては動物に怯えられることもあるよ？」

森鬼の怯えられっぷりを思い出したのか、レスティンは即行で人間でよかったと前言を撤回した。

「わぅ！」

レスティンと話していたら、急に後ろから誰かに引っ張られた。

「セラ！　ちょっと待ってね」

セロとセラが寝ていた場所から私のところにやってきて、先ほどのスピカと同じように私のスカートを引っ張ったようだ。

「セロはますます貫禄がついたね。セラは相変わらず美人さんだ」

雄のセロは他の子たちと比べても体格ががっちりしており、一目で強い個体だとわかるし、ただ者ではないオーラが出ている。

雌のセラは顔立ちが凛としていて美しい。

冬毛でないのに、この毛並みのボリュームはスノーウルフならでは！

セラの背中に顔を埋めると、草のにおいがした。

「くぅーん」

セロが自分も構えと頭を擦りつけてくる。

首元を強めに掻いてあげると気持ちがいいのか、鼻先が徐々に上がっていく。

スピカの方は、どこからか持ってきた棒で遊んでいた。投げたり、引っ張りあったり、大変楽しそうだ。

帰る時間になると、スピカを行かせまいとスノーウルフたちが足元にまとわりついたり、スカートを引っ張るのを見て、ちょっとジェラシー。

君たち、私のときはそんなことしてくれないじゃん！

◆◆◆

竜舎でも、ずらりと並ぶ竜騎士たちにお出迎えされた。

いちぶの乱れなく整列している光景は、なかなか見応えがある。

「ネフェルティマ様！」

『お待ちしておりました‼』

さすが騎士団。声が綺麗に揃っている。

大勢のお出迎えに驚きはしたものの、彼らの視線が一点に集中しているのを感じて笑いそうになったが。

竜騎士たちが今か今かと待っていたのは私じゃない。ウルクですよねー。

「ダンさん、久しぶりー！」

ダンさんもプシュー作戦で見かけたけど、こうして会話するのはオーグルを運んできたとき以来だ。

「ネフェルティマ様、元気そうで安心した」

ダンさんは勢いよくしゃがむと、私の顔を見てニカッと笑う。そして、頭をポンポンしてきた。

「ダンさんもね！」

「この前の任務のとき、ルンルを宥めてくれたと聞いた。ありがとな！」

ダンさんの隣にいた竜騎士も、お礼とともに頭を下げた。

あ！　ルンルに吹き飛ばされていた竜騎士か！

あのあと、ルンルはちゃんと檻を運んで、ご褒美をもらったらしい。竜騎士もルンルから目を離していたことに関しては忠告を受けたが、処罰まではいかなかったようで凄く感謝された。

そんなやり取りをしている間も、ダンさんはウルクをチラチラ見ている。

「みなさん待ちきれないようなので紹介します！　ムシュフシュのウルクです！」

ウルクは、熱心に見つめてくる竜騎士たちの様子に、若干引き気味だった。

『出会ったときのお前と同じ気配を感じるぞ？』

ウルクにそんなことを言われたので、出会ったとき……つまり、ミルマ国でウルクと遭遇したときのことを思い返してみた。

珍しい竜種を目の当たりにして、私はめっちゃ興奮してたね。

ヴィの魔法で気を失ったウルクに、これ幸いと触りまくってたわぁ。

竜騎士を見る。

目を輝かせながら、ウルクをガン見している者が多い。

きっと、鱗の手触りはどんなんだろうとか、尻尾や後脚の付け根部分はどうなっているんだろうとか、前脚で踏まれてみたいと思っているに違いない！

「みんな、竜が好きないい人たちばかりだよ！」

そう伝えたのに、ウルクから不審そうな視線を向けられた。

「ウルクはぶしつけに触られるのを嫌います。牙には毒はないけど、尻尾の先は毒針なので注意してください。ムシュフシュの毒は、ワイバーンの毒よりも猛毒だそうです」

竜種のプロである竜騎士には不要かもしれないが、念のためウルクのことを説明しておく。

竜騎士たちは素直に聞き入れてくれたけど、問題は竜舎の子たちだ。

悪戯好きな子たちが多いので、ウルクが怒って攻撃しないか不安になってきた。


爽やかな風が吹き抜ける草原区域で、ウルクとギゼルが対峙した。

ギゼルからも、周りのリンドブルムやリンドドレイクたちからも、グォグォと今まで聞いたことのない鳴き声が発せられている。

仲間に警戒を促し、縄張りに入ってきたものに対して警告している鳴き方のようだ。

いくら私が連れてきたとはいえ、ここの長であるギゼルがウルクを警戒するのは当然だろう。

ウルクの方も、ギゼルに向かってシャーッと威嚇音を放つ。

思っていた以上に、一触即発な雰囲気が漂う。

「おーい、ギゼル！　ウルクもちょっと落ち着こう！」

二頭に声をかけてみるも、すげなく無視された。

どうしたらいいのかわからず、ダンさんに聞こうと思ったそのとき――ガキィーンという金属音が響き渡った。

何事かと音がした方を見ると、ウルクとギゼルが顔をくっつけていた……。いや、頭か。

ウルクの角とギゼルの鱗がぶつかって、あんな金属のような音がしたのだろう。

先に離れたのはギゼルだったが、翼をはためかせ飛ぶ素ぶりを見せた。

しかし、ギゼルの片翼をウルクが尻尾で叩《はた》く。

体勢を崩しながらギゼルはウルクに噛みつこうとするが、すかさずウルクの猫パンチが！

ギゼルはそれを上手く躱《かわ》し、隙をついて上空に飛ぶ。後脚の鋭い爪がウルクを襲った！

ガチッと鈍い音とともに、ギゼルの爪がウルクの背中に食いこ……んでないね。ウルクの鱗もなかなか頑丈みたい。

ということは、ウルクの鱗を割った森鬼のパンチって、ギゼルの攻撃より強いってこと？

ギゼルが羽ばたくたびに、ちぎれた草や土が飛んでくる。

竜種同士がやり合うと、まさに特撮映画の怪獣同士のバトル！

さすがに、日本を代表する怪獣ほどの大きさはないけど、間近で見る迫力は映画以上だよ！

ソルと風竜がガチでやり合ったら、リアル特撮映画になりそうではあるが、そうするとラーシア大陸滅亡コースだからなぁ。

いい加減、ウルクとギゼルを止めないと、二頭はどんどん興奮して、やり合いがより激しさを増している。

「ふたりとも！　そこまで！　やめなさーいっ‼」

大きな声で叫んでも、精霊に声を届けてもらっても、二頭は止まらない。

「炎竜様なら止められるんじゃないか？」

どうしたものかと頭を抱えていたら、ダンさんがぽつりと呟いた。

……ダンさん、ソルに会いたいから言っているわけじゃないよね？

ダンさんはソルに、崇拝に近い感情を抱いているみたいだし。

確かにソルなら止められると思う。でも、ここに呼ぶのはなぁ。ソルはとにかく目立つから、王宮に呼んだらママンに怒られそう……。

とりあえず、ソルに聞くだけ聞いてみるか。

――ソルー！　ウルクとギゼルの喧嘩の止め方教えてー！

ソルに念話を飛ばすと、すぐに繋がった。念話って、本当に便利だよね。

――何事かと思えば、ただ力を競っているだけではないか。

どちらかが大怪我をするまでやり合うことはないのは理解している。

まだ野生で暮らしていた感覚が残るウルクなら、生死に関わる怪我を負うことを嫌うだろうし。

――いや、まぁ、そうなんだけど。紫紺が可哀想で……。

私がそう告げると、気の抜けた声であぁと返された。

ウルクが攻撃したり、躱したりするたびに、紫紺の悲愴感たっぷりな鳴き声が聞こえてくるのだ。

今もほら……。

「むーっ……むぅぅぅ……むぅぅぅぅぅぅ!!」

もし紫紺が限界になって吹き飛ばされでもしたら、ギゼルが毒針で刺される危険も出てくる。

――致し方ない。竜玉《オーブ》を奴らに向けて掲げよ。

ソルに言われるがまま、背負っていたうさぎさんリュックを下ろし、二頭に向ける。

ソルが何をしようとしているのか見当もつかないが……うさぎさんの目からビームが出るとかだったらどうしよう？

ドキドキしながら、何か起きるのを待つ。

『お主らやめぬか！』

うさぎさんがビリビリと震え、凄まじい咆哮が響き渡る。それと同時にうさぎさんから何か発せられた。

その衝撃を受けて、私は尻餅をつく。

私はそれくらいですんだけど、ウルクとギゼルは吹き飛ばされたのか、草の上を滑っていた。

「何が起きたの？」

周りを見ると、竜騎士たちは呆気に取られているようだし、他の竜たちはみんな地面に伏せている。

――これでよいだろう。

ソルの声はどこか満足げだった。そして、何をしたのか説明はされないまま、念話を切られた。

とりあえず、二頭のもとへ行って、怪我をしていないか確かめるか。

「ウルク、どこか痛いところある？」

草の上を滑ったときにくっついたであろう草を払い落としながら、ウルクに尋ねた。

『なんともない。それより、炎竜様を呼ぶのは卑怯だろっ！』

シャーッと口を大きく開けて怒るウルク。

うん。お口の中も怪我はなしっと。

ウルクの文句はスルーして、今度はギゼルの方を調べる。

「ギゼルも痛いところない？　翼はちゃんと動く？」

翼を傷めて飛べなくなったら一大事だ。

『大丈夫だ。それより、こいつはなんだ？』

ギゼルはまだ、ウルクを警戒しているみたい。

なので、私とウルクの出会いから話して聞かせた。

『炎竜殿の承諾を得ているのであれば仕方ない。あいつらにも、無闇に牙を出さないよう言い聞かせておく』

ウルクが護衛として私の側にいることをソルが認めたのならと、ギゼルが折れてくれた。

「ありがとう！」

ギゼルのゴツゴツした鼻梁《びりょう》を撫でる。

その後、ギゼルとウルクが和解すると、他の竜たちがウルクを囲んだ。

『どこから来たの？』

『なんで尻尾の先にスライムつけてるの？』

『好きな餌は何？　ぼくはランドブルのお肉！』

ウルクは質問攻めに遭うが、意外にも丁寧に受け答えする。

周りにいるのが若い個体ばかりだから、つっけんどんな態度を取りにくいのかな？

ちなみに、年長組は森鬼の方に集まっていて、何かして遊ぼうと誘っていた。

「はいはーい。今日はウルクに竜舎を案内してあげる日だから、みんなのおすすめな場所を教えてね」

すると、それぞれがあそこがいい、ここがいいと口にし始める。

何が面白いって、おすすめしてくれる場所がみんなバラバラなんだよね。

竜舎の子たちは好みがうるさいとよく言われるが、本当にこだわりが強いんだな。

みんなのおすすめの場所を巡りながら、竜舎内を探索する。

草原区域に始まり、岩場や砂漠、森の区域と回って、湖でちょっと休憩。

竜たちは我先にと湖に飛び込み、気持ちよさそうに泳ぐ。

『ここは俺が住んでいた場所に似ている』

「南はもっと暖かいでしょう？」

ウルクが住んでいた場所は、南の方で雨が少なく、アリ型の極悪甲種がいて、ある程度の森があるって言っていたから、東南アジアをイメージしていたんだけど違うのかな？

『そうだな。ここは少し冷えるから、住処には適さない。もっと暖かければ住みやすいと思うぞ？』

この湖がある森を暖かくしたら、熱帯雨林みたいになりそう。

そうすると、涼しむ場所がなくなってしまうな。

『ウルクも泳ごうよ！』

『気持ちいいよー！』

二頭のリンドドレイク、ライルとロイル兄弟がウルクを誘いにきた。

『シンキも泳いでいるし！』

『ネマも一緒にいこう！』

森鬼も泳いでいると言われて、森鬼の姿を探す。

あれは泳いでいるというより、リンドドレイクを押しているようにしか見えないのだが??

「あれは何しているの？」

『後ろに進む泳ぎ！』

『面白いよ！』

竜たちにとっては背泳ぎみたいなこと？　いや、逆に進むってことは逆泳ぎ？

足の方に進む泳ぎ方、やったことないけど溺れそうだよね。

「そういえば、ウルクって泳げるの？」

『泳いだことないからわからん』

「泳いでみる？」

森鬼もいるし、もし溺れてもすぐに救出できる。

ウルクは少し考えたあと、水面に近づいていった。

本当に泳ぐのかと思いきや、水面を前脚でちょんちょん突いて戻ってくる。

お風呂の温度チェックする猫かな？

『冷たいから拒否する！』

思っていたより水温が低かったようだ。

それなら！　と、私は閃いた。

「今度、レイティモ山に行って、温泉に入ろう！　温泉なら水が温かいし、広いから泳げるよ！」

本当は温泉で泳ぐのは御法度だけど、ウルクが泳げるかどうかは確認しておきたいし。

『オンセンは人が入るふろとやらとは違うのか？』

「温泉はねー」

ウルクに温泉のよさを説明する。

説明しながら思ったけど、竜舎に大きなお風呂を作ってもらうのもありかもしれない。

お風呂に水を溜める人と、その水を温かくする人が必要だけど、他の部隊から水と火の上級を持っている人を派遣してもらえば……いける！

早速、ダンさんに相談だ‼

12 初代国王の正体!?

「ネマ、これから見せるものを俺の許可なく他言することを禁ずる。これを名に誓えるか?」

ヴィに呼び出され、開口一番に告げられた。

なんとなく重々しい雰囲気を感じながらも、正直に答える。

「内容によるかな? 両親にも知られてはいけないものなら知りたくない! ヴィは、私がおとう様やおかあ様からの追及をかわせると思う?」

私が問い返すと、ヴィは間髪入れずに思わないと答えた。

自分で聞いておいてなんだが、二秒くらいは考えてくれてもいいじゃん!

「公爵夫妻には俺から説明しよう。また、創造神様に連なる存在、聖獣やその契約者、精霊には話しても大丈夫だ」

ということは、愛し子に関係していることなのかな? だから森鬼も一緒に呼ばれたと。

「おねえ様とパウルもダメ?」

一緒にいる時間が長い二人に、私が黙っていられるか自信がない。

「そこはオスフェ公に判断させよう。彼が話してもいいと決めたのであれば、カーナディアとパウルは許可する」

ふむ。パパンがいいと言えば、とりあえず家族には話せる。お兄ちゃんはディーの契約者なので、ヴィの言う条件に含まれているしね。

「わかった。その条件ならなんとかできると思う」

私の曖昧な答えにヴィが苦笑する。

名に誓うんだぞ？　と何度も念を押され、私がしっかりと覚悟を決めるまでやめなかった。

国家機密レベルのことを私に教えようとしているのかと、どんどん恐ろしくなってくる。

「……ヴィから聞いたあとに、どこかにかんきんされたり、暗殺されるなんてことは……」

「あるわけないだろう。いったい、どこからそんな発想が湧いてくるんだ？」

頭をぐりぐりされながら、普段どんな本を読んでいるんだとまでぼやかれる。

まずいことを知ったキャラが消されるのは定石だ！　お約束だ！

消される心配もないようなので、とりあえず名に誓っておく。

「では、これを読んでもらいたい」

ヴィから渡されたのは一冊の本。カバーの装丁が古めかしいことから、だいぶ年代ものの本だと思われる。

おそるおそる受け取り、ゆっくりと表紙を開く。

何が書かれているのかと、文章を読もうとしたところで気づいた。

「これは……漢字っ!?」

この世界にはないはずの文字。驚いたってもんじゃない！　驚きすぎて、危うく本を落とすところだった。

次のページも、そのまた次も、パラパラと流し見をしてみたら、全部日本語で書かれているようだ。

「やはり、お前はそれが読めるんだな？」

「読めるかもしれないけど……ちょっとあやしい……」

ヴィは意味がわからないと眉を顰《ひそ》める。

これが現代日本語だったら、自信を持って読めると答えただろう。

しかし、本に書かれている日本語は昔の人が書いたような、達筆すぎて逆に読めない漢字だったのだ。

最初のページは読める。同郷の者へと書かれていた。

次のページから、つらつらーっと達筆な文字で書かれていて、一部判読できない漢字は文脈から予測するしかない。

昔の言い回しとかもあったとしたら、なおさら読むのは大変になる。

「とりあえず、全部読んでみろ」

ヴィに言われたので、本腰を入れて解読に取りかかった。どれどれ。

『私は鈴木孝次郎。日本の東京府八王子に生まれた』

……誰？　つか、東京府⁇　いつの時代だ⁇

その答えは次の一文にあったけど、複雑な気分になった。

大日本帝國陸軍の南方軍に配属されて、比律賓の方で戦っていたと。

比律賓がどこかすぐにはわからなかったけど、比の文字からしてフィリピンかな？

ということは、この鈴木さんが戦っていた戦争は、第二次世界大戦だと思われる。

世界中の多くの人が、それこそ何世代にもわたり深い傷を負った戦争で鈴木さんは亡くなり、あの神様と出会ってしまった。

この本は、鈴木孝次郎氏が生まれ変わってから女神様のもとへ旅立つまでのことが書かれた自叙伝だった。


神様に会った鈴木さんは、ちょっとこれから大陸が荒れるから、できるだけ人助けをして欲しいとお願いされた。

お使いを頼むような感じでと書かれていることから、私のときと同じようなノリだったのだろう。


神様のことだから、人助けの範囲も、期間も言わないままぶん投げたんだと思う。

私もそういった詳細を教えられないまま転生させられたし。

それで、能力を授けるから何が欲しいかと聞かれ、鈴木さんは人を守る力が欲しいと願った。

鈴木さん、戦闘に巻き込まれた地元民を守れなかったことを悔やんでいたらしい。

守れる力があれば、より多くの人を助けられると。

鈴木さんは神様から無限の魔力と特級を超える土魔法を授けられ、今はなきクルヴァ国にギィとして転生した。

クルヴァ国では平民に生まれたけど、優しい両親のもとに生まれ、幼少期は幸せに暮らしていたようだ。

神様のお願いを叶えるために、幼いときから両親の手伝いやご近所さんを手伝ったりしていたが、クルヴァ国は戦火に見舞われる。

その戦争で両親を亡くし、ギィは戦争孤児となった。

ギィはまたも守れなかったと、酷く悔やんだ。

力があるだけではダメだ。それを使いこなし、守る立場を手に入れなければ、自分はいつまでも守られる側として見られてしまうことに気づいた。

立場を手に入れることを決心したギィは、戦争孤児の仲間たちを引き連れて、まだ情勢が安定していたガシェ王国の前王朝にあたるアウリマ王国へ避難する。

この頃に、私のご先祖様であるオスフェ家初代のラーイデルトとワイズ家初代のケイに出会ったと書かれていた。

アウリマ王国で冒険者になるも、最初はその日食べていくのでいっぱいいっぱいだったそうだ。求められるのは戦える冒険者で、お手伝いや採取系の依頼しかできない若い冒険者は求められていなかった。

ギィは、自分の魔法を出し惜しみすることなくバンバン使うことで、徐々に知名度を上げていく。

それはまさに、私が生きていた時代に流行った転生チートの成り上がりものと同じだと思った。

凄い土魔法を使う子供がいる——。

ギィのことが国のお偉いさんたちの耳に届くと、あれよあれよと、アウリマ王国騎士団長を務めるゲラルト・ゼルナンに師事することになったのだ。

このゲラルト・ゼルナンこそ、ガシェ王国初代将軍で、ゴーシュじーちゃんのご先祖様である。

以降の記述は、ガシェ王国の歴史書に残っている出来事と大差ないようだ。

精霊の住処でサイのロイと出会ったり、なんとかの戦いに出陣したりしたって。

歴史書と違う部分は、ミリィという名前の女性や聖獣のことが出てくるくらいか？

たぶんだけど、このミリィって女性がライナス帝国のエルフの森で出会った恩人のお姉さんだと思う。

お姉さんから初代たちのお話……というか、お姉さんの好きだった人の話を聞かせてもらった。

ギィの相棒であるロイの機嫌を損ね、角で突き回され、土下座して謝ったというエピソード。

それと同じ内容がこの本にもあった。

お姉さんが片思いしていた相手が、ディルタ家初代だったとは……。

幼少期から青年期にかけて波瀾万丈だったギィは、国を興し、王様になっても激動の人生を送る。

穏やかに過ごせたのは、晩年になってからのたった十数年。

本の最後の方は、自分のあとに現れる愛し子へのアドバイスのようなものが書かれていた。

たとえば、創聖教が公表する神託は鵜呑みにするなとか。

神子の神託は、そのときの受信環境に左右され、断片的であることが多いらしい。

感度の悪い無線通信みたいなものだと書かれていて、妙に納得してしまった。

つまり、創聖教の都合がいいように解釈したり、改ざんしているそうだ。

逆に愛し子には、生き物を通じて神託が授けられるとある。

ガシェ王国では、ある逸話から蝶が神様の使いとされているが、実は蝶だけではなかったみたい。

ギィは、蝶や鳥、リアが神様の声を届けにきたと書いている。

他には、聖獣や精霊に頼りきりにならないようにと。

人間は力を持つと驕《おご》り、弱い者に何をしてもいいと錯覚するようになる。だからこそ、己を律することが大事なんだって。

ギィがけっして聖獣と契約しなかったのは、このためなのだろう。

あと、困ったことがあれば魔族を頼るようにともあった。

魔族は神様や女神様と関わりが深いから、いろいろなことを知っているって。

ギィの時代には、まだ魔族が残っていたのかな？

私が見たことある魔族って、旅興行の一座の人だけなんだけど……。

ギィが転生者だということは隠して、ヴィに説明しながら、本を最後まで読んだ。

おそらく、ヴィが思っていたのと内容が違ったのだろう。眉間に皺を寄せて、厳しい表情になっている。

「こちらの手紙はどうだ？」

ヴィが差し出してきたのは、古びた一通の手紙。

こちらも日本語で書かれていた。

軽く目を通すと、内容は神様への愚痴っぽい。

大事なことは何も教えてくれないから凄く苦労しただの、こんなのが上官だったら兵士を無駄死にさせていただろうとか、自分のあとに来る愛し子のためにも神様に会ったら説教しておくって。

ということは、ギィ、死んでも神様に会えなかったのか……。それとも、神様はギィに説教されたけど、やり方を変えられないのか。

もし、どうしても耐えられないときは、神様を呼び出せとある。

魔族から聞いたという神様を降臨させる方法。

ギィのときは条件が揃わなかったので無理だったらしいが。

「神様をこうりんさせる方法が書いてあるけど、本当だと思う？」

私が疑っているのは、神様はこの世界のことにあまり干渉ができないからだ。

私を転生させるのはできるけど、この世界に住む人に加護や新たな能力を授けたり、滅びそうな国を護ったりはしない。そういうのは女神様の担当だ。

じゃあ、神様は何をしているのかというと……たぶん監視役だ。

世界の理というシステムがあって、それが正常に動いているか監視する業務。理が修正できないイレギュラーやバグがあるときにだけ関与する。

そんな神様を降臨させたら、世界の理が崩れて、大惨事が起こったりしそうじゃない？

「どういった方法だ？」

「うーんとね……すべての力を一ヶ所に集めて、愛し子が呼べばいいって」

一見すると簡単そうではあるが、ギィのときにはそのすべての力とやらが揃わなかったようだ。

「すべての力……集める……」

ヴィは何か心当たりがあるのか、しばらく考え込んだあと、書類の山から何かを探し始めた。

「聖主らしき人物が使っていた遺跡の部屋にあったものの写しだ。ここに、文字が書いてあるだろ？」

いつかの会議で見せてもらった、昔のラーシア大陸の地図。

その地図の端っこに短い文章があった。ただし、読めない！

文字はラーシア語の文字に似ているが、ちょいちょい形が違う。

「マカルタ語で、八つと白と黒の力を集めると書いてあるんだ。もしかしたら、これも創造神を降臨させる方法の一つなのかもしれないと思ってな」

ヴィの説明になるほどと頷くも、八つと白と黒の力がギィの言っていたすべての力のことなのかなと疑問に思う。

普通すべての力と言えば、祝いの六色が示す、四つの属性と神様の力である創造と破壊だ。

残り四つが不明だし、わざわざ白と黒って分けてあるのも不思議。

そんな疑問をヴィに投げかけると、ヴィはラース君に何か知っているかと聞いた。

ラース君はグルルとヴィに返事をして、ヴィは頭を抱える。

「だから、すべてってなんだ！」

「ラース君、全部だと数字が合わないよ？」

ラース君がすべての力だと答えたのだとしたら、神様だけでなく、女神様の力や精霊王たちの力も含まれると考えた。

でも、そうするとマカルタ語の一文とは合わない。

まぁ、聖主が持っていたものを信じるか、ギィの書いたことを信じるか、どちらかと言われたらギィを選ぶけど。

「ガウッ」

「その時代の者の解釈がそうだっただけ……か」

ラース君の言葉をヴィが教えてくれたけど、マカルタ語の方が間違っているってことでいいのかな？

「ラース君はすべての力がどれなのか知ってるの？」

「グルルルゥ」

ラース君が知っているなら話は早いと思って聞いてみたけど、ヴィの反応からして、あまりいい返事ではないみたい。

「どこまでを含むかわからないそうだ」

どこまでを？　力ってそんなに種類があるの⁇

私が首を傾げていると、ラース君から何か説明されたのか、ヴィはそういうことかと一人納得する。

一人だけ満足していないで、説明しておくれとせっつく。

「まず、身近な力と言えば、俺たちが普段使っている魔力と精霊の力がある。これだけで、属性ごとに分けたら八つの力になるな」

確かに！　魔力と精霊の力は別物だって、ママンも言ってた！

さらに、神様は創造と破壊、女神様は再生と慈愛の力を持ち、聖獣の力も属性で見れば六つあるし、治癒魔法も魔力とは異なる力と言える。

「初代様の時代に条件が揃わなかったということは、光の聖獣や闇の聖獣の力が必要だと見ることもできる」

それ以前に、そもそも神様の創造と破壊の力はどうやって集めるんだって話だよね。

だって、神様を呼ぶのに神様の力が必要って矛盾している。

女神様の再生と慈愛もよくわからないし……もしかして、女神様を呼んでから神様を呼ぶとか？

「ミルマ国の遺跡をもっとよく調べておけばよかったな」

地下に封印されてしまった遺跡に何かヒントがあったんだろうなぁ。

あっ！

「築造流《ちくぞう》のドワーフたちが写したものに手がかりがあるかもしれないよ！」

「そうか！　よし、早速ルシュを派遣しよう」

……ルシュさん、ごめん。またヴィにこき使われるかもしれないけど頑張って！

◆◆◆

お茶とおやつが準備され、ちょっと休憩。

いやー、頭使うと甘いものが欲しくなるよねぇ。

ヴィが食べていいと言うので、マドレーヌみたいな焼き菓子を遠慮なく頬張る。

生地はしっとり、バターのコクと程よい甘さが舌に優しい。……口の中の水分は持っていかれたけど。

「それで、ネマは生まれ変わる前の記憶があるんだよな？」

「つぐぅっ……げほっげほっ」

お茶が気管に……！

口を手で覆いながら咳を繰り返していると、森鬼が背中を摩《さす》ってくれた。それよりも、喉の奥が痛い。

危なかったー！　お茶をヴィに吹きかけるところだったよ‼

なんとか昔のコントみたいな絵面を回避できたけど……。

　転生していることを正直に話すべき？　子供の妄想だとか思われたりしない？

「初代様が異なる世界の記憶を持っていることは知っている。愛し子は皆、ここではない世界の記憶があるんじゃないのか？」

　ギィが書いたもの、あの本と手紙だけじゃなかったようで、ちゃんとラーシア語で書かれていたものもあったらしい。

　……私が説明しながら読む必要あった？

　まぁ、私が日本語を読めることを披露しちゃっているし、ここでシラを切ってもヴィは信じないだろう。

「そうだよ。神様にだまし討ちみたいな感じで、この世界に連れてこられたの」

　私はまだ、あのやり取りで了承したことにされたのは納得いってない！

　いつ、私が、イエスと言った⁉　もふもふについて熱く語っていたら、いつの間にか転生させられたんですけど！　私は被害者だ‼

　転生させられた経緯を話したら、珍しくヴィが表情に出すくらい驚く。

「成人した女性だと⁉　お前が？」

　なんでそこに驚くのさ！

「二十七歳独身の仕事に追われる平社員だったけど悪い？」

　仕事ばっかりの毎日で、結婚も考えてなかったし、そもそも自宅と職場の往復だけの日々に出会いなんて皆無だ。

本当は猫を飼いたかったけど、仕事で留守がちな上に、ペット可の物件に引っ越す時間もなかった。

実家の母親から送られてくる猫たちの画像が癒やしだったなぁ。

「ひらしゃいんがどういう意味かわからないが、成人女性の記憶を持っているだけなのか？　それとも人格も維持しているのか？」

ヴィに聞かれて、思わず考え込んでしまう。

だって、今までそんなこと微塵も考えたことなかったからさ。

秋津《あきつ》みどりの人格かと言われたら……日本にいたときの私とは違うと感じる。

かと言って、ネフェルティマの体が記憶だけを引き継いだとも言いがたい。

思考は確かに私なのに、言動は前世の記憶にある秋津みどりとは一致しないというか……。

なんとも言えない違和感を覚えながら、ヴィに説明する。

「普段のネマは正直、成人女性とはとても思えない。高位貴族の子女としてはどうかとも思うが、市井《しせい》で見かける子供と同じだ」

それは暗に、ただ遊んでばっかりだと言っていたりする？

一応、お勉強もお姉ちゃんやパウルに教わりながらやってるよ？　魔法に関してはちんぷんかんぷんだけど……。

「たまに、子供とは思えない発言や発想をすることもあったが……。ネマの子供の部分と大人の部分、どうも不自然な印象を受ける」

「不自然？」

「あぁ。なぜこんなにも初代様と違っている？　初代様は幼い頃から創造神様の願いを叶えるために動いていたし、大人以上の活躍を見せている」

ギィは時代的なこともあるけど、私みたいに遊び呆けてはなかったね。

子供の体に精神が引っ張られている可能性もあるが、メンタルの強さの差もあるかも？

現代で育った私と、戦争に参加していたギィ。同じ日本人でも、生まれた時代も、過ごしてきた人生も、何もかもが違いすぎる。

「何か原因があるのではないか？　たとえば、創造神様がネマにだけ、子供返りするようにしたとか……」

あの神様のことだから、ないとは言い切れない。

しかし、私を子供返りさせるメリットは、面白い以外ないと思う。

面白いだけでそんなことする……のが神様だよねぇ。

そんな感じのことをヴィに言ったら、なぜか神様と私は同族だったかと納得された。解せぬ！

13 明かされる真実。視点：ヴィルヘルト

ネマに異なる世界の文字で書かれた本を読んでもらった。

特に重要なことは書かれていなかったのは残念だが、愛し子にはまだ本人たちも知らない事実があるのだろうと感じた。

しかし、収穫があるにはあった。

創造の神を降臨させる方法――。

あの古地図にあった一文が、神を降臨させるものだとしたら……聖主の目的の一つかもしれない。

魔族が創造神や女神と関わりが深いという初代様の言葉が本当であれば、大陸中の遺跡を調べていたことも説明がつく。

聖主は創造神を降臨させて、何をするつもりなのか。

神に何か願ったところで、それが叶う確証はない。それとも、神を殺して自分が成り代わろうとでもいうのか？

とりあえず、創造神降臨に関するものがミルマ国の遺跡にないか、ルシュに行ってもらおう。

風の精霊にルシュへの指示を届けさせる。

今は、精霊を弾《はじ》く術の解析をさせているので嫌がるかと思ったら、凄く喜んでいたそうだ。

築造流はルシュの古巣でもあるしな。

ミルマ国の王太女アーニシャに、ルシュを派遣することを一筆書いて送り、ルシュには転移魔法陣の使用許可を送った。

ネマに異なる世界のことを聞きたいが、今日はセリューノス陛下に呼ばれている。

それにしても、異なる世界では成人した女性だったとは……。普段のネマからはとても想像できない。

正直、ネマは大人になってもあのままな気がする。それはそれで面白いと思うが。

「殿下、そろそろお時間です」

「あぁ、わかった」

侍従に声をかけられ、俺は転移魔法陣の間へ向かう。

転移魔法陣の間では、ユージンが俺のことを待っていた。

「ヴィルヘルト殿下、なんか元気ですね……」

そう言うユージンは、幾分くたびれている。

俺の公務を父上と母上に振っている余波が、外務の方にもおよんでいるのだろう。

「すべてが片づけば、旅行休暇をやる。それまでやれるな？」

「絶対ですよ！　言質取りましたからね！」

先ほどとは打って変わって元気になったユージン。

代々ディルタ家はユージンのように旅好き、と言うか放浪癖がある者が多いのだが、ユージンはその性質が特に強い。

油断すると帰ってこなくなるから、精霊に見張らせているほどだ。

「では、さっさと終わらせましょう！」

ユージンに促されて魔法陣に上がり、輝青宮へと飛ぶ。

輝青宮側では、ライナス帝国の外務官と護衛と思われる軍人が控えていた。

今回、こちらから護衛は連れていかないと言ったので、陛下が手配してくれたようだ。

「お待ちしておりました。陛下のもとへご案内いたします」

案内された先は、普段セリューノス陛下が謁見に使用している部屋ではなく、ある程度の人数で密談をするときに使われる部屋だった。

この部屋は窓がない代わりに出入り口が三つあり、どれも人目につかない通路に面している上に、一見して出入り口だとわからないよう工夫されている。

出入りする扉を変えたり、時間をずらしたりすれば、まず人に見られることはないと言っていい。

また、部屋全体に防音の魔法がかけられているので、どんなに騒いでも中の音が外に漏れることはない。
二、三人用の部屋もあり、そちらには幼い頃入ったことがある。
陛下の誕生日を祝う宴に出席するために、母上とともに宮殿に訪れていた。

宴の途中、退屈したテオとクレイに誘われて、こっそりと忍び込んだのだ。

テオとクレイの警衛隊から報告が行ったのか、宴を抜け出したことを三人一緒に怒られたな。

密談の部屋に入ると、すでにセリューノス陛下がおられた。

陛下の後ろに控えているのはマロウ殿か？

薄暗い室内なのに、頭まで外套で隠し佇む姿はかなり不審者だ。

「ヴィルも行ったり来たり大変だろう？　こちらの部屋を使ってよいのだぞ？」

ここ数日で何往復もしているので、俺の体調を気遣うように提案してくる陛下。

宮殿には母上の部屋がそのまま残っており、その隣の部屋を俺専用に整えてくれているのだが、ある理由から数回しか使っていない。

「申し訳ないですが、ここではラースが落ち着かないので」

動物や竜種ほどではないが、聖獣にも縄張り意識があるため、他所者であるラースは肩身が狭くなる。

「そうか。だが、休めるときにはしっかり休むように」

俺がはいと返事をしたところで、出入り口の一つが開いた。

獣王と若い青年が入室する。

ドワーフ族の女性は男性のようだとネマが言っていたが、確かに男性にしか見えないな。

「獣王、よく来てくれた。今日はじっくり話し合おうではないか」

獣王とドワーフは、呼ばれた理由がわかっているようだ。入室したときから表情をこわばらせている。

マロウ殿を除いて、全員が着席する。

陛下が軽く、俺とユージンを紹介した。

獣王は俺、というよりラースに反応を示したが、挨拶などはなく黙ったままだ。

「回りくどいことはなしだ。使節団の者たちが、無礼にも宮殿を荒らした理由を言ってもらおう」

「それは……」

ドワーフは獣王の方を見やるが、獣王は口を結んだまま陛下を睨んでいる。

「……ライナス帝国が開発しているという乗り物の情報を知りたくて、わたしがお願いして探してもらったのです」

あれについては、オスフェ家があえて情報を流している節があるので、このドワーフが知っていてもおかしくない。

しかし、それなら開発に関わっている同じドワーフ族にまず聞くだろう。

それとも、ライナス帝国で保護されているドワーフがいることは知らないのか？

「貴女がドワーフ族なのは知っている。得物流は武器を作るのが得意だと聞いた。そんな集団がなぜ乗り物に興味を持つ？」

「誰がそれを……」

ドワーフ族は先の争乱で姿を隠した種族だから、陛下は詳しいことを知らないと思ったようだ。

「野鍛冶《のかじ》流のラグヴィズとは友人でね。彼のご夫人が、貴女が得物流の者であると教えてくれたのだよ」

陛下が名前を出した人物をドワーフは知っていたのか、悔しそうに顔を歪める。

「少しよろしいですか？」

突然、ユージンが発言の許可を求めてきた。陛下は軽く頷いて承諾する。

「ドワーフ族は現在、七つの流派に分かれて生活していますよね？　私は、隠れる前からある四つの流のうち、三つの流と交流を持っているのですが、どの流も分派した流と連絡が取れないと言うのです。得物流、農鍛冶《のうかじ》流、陶器《とうき》流、ともに行動しているのでしょう？」

ドワーフ族の築造流とはミルマ国で知り合ったが、ユージンが他の流とも交流があったとは知らなかった。

それと、一応問いかけているが、三つの流が合流しているという確信があるようだ。

「貴女たちはどこかの組織……我々がルノハークと呼んでいる組織か、あるいは創聖教、イクゥ国の上層部の線もありますが、そこから依頼を受けて、大量の武器を作った。ご丁寧に、ライナス帝国鍛冶組合の刻印を偽造して」

国境での戦いで、多くの武器が見つかった件か。

イクゥ国が聖主と繋がっている可能性が高いことを考えると、魔物を追いやっていたルノハークたちの武器もこいつらが作ったものだろう。

「他の流と連絡を絶ったのは、それがドワーフ族の禁忌に当たるからですよね？　特に、争乱以前からある流は、人が治める国に与《くみ》することを嫌っていますし」

争乱の時代が過激化した一因に、ドワーフ族が作った武器が挙げられることがある。

ドワーフ族が作る武器は、耐久性も斬れ味も人が作ったものと比べ物にならないそうだ。

また、その当時は武器に魔法を付与できる職人がいたという。

セリューノス陛下が愛用している大剣もその一つだが、あんな業物がたくさんあったとしたら、戦が長引くのも無理はない。

「わたしから話せることはない」

ドワーフの言い方に何かが引っかかった。

それは俺だけではなかったようで、ユージンも陛下も怪訝そうな顔をしている。

「脅されているのか？　相手は、聖主なのか？」

陛下がそう問うも、ドワーフは何も答えない。

しかし、それが答えだと誰もが思っただろう。

「精霊たち、少しの間でいいからこの部屋を遮断してもいいだろうか？」

陛下がそう告げたとたん、精霊たちが騒ぎ始めた。

『やだー！』

『ぼくたちを追い出すなら、明確な理由を述べよ！』

『セリューはおーぼーだ！』

次々に不満を口にする精霊に、陛下は苦笑しながらも説得を試みる。

「君たちには、断れない相手がいるだろう？　私たちはその相手に知られたくない。ドワーフ族のことだし、彼らの身に何かあればラグヴィズと仲のよいネフェルティマ嬢も悲しむぞ？」

　ネマが悲しむと聞いて、精霊たちが怯《ひる》んだ。

『ううう……』

『ラース様とユーシェ様はいいの⁉』

　追い出されまいと、ラースやユーシェに縋《すが》る精霊たち。

『坊がよしとするなら、我は構わん』

　ラースは俺に責任を押しつける。おかげで精霊たちは俺へと標的を変えた。

　ユーシェも、陛下が望むならと承諾したようだ。

「では、今すぐ精霊たちは退避しろ。マロウが弾くぞ」

　マロウ殿が何か魔法のようなものを放ったと思ったら、壁や天井、床に見覚えのある文様が浮かび上がった。

　そして、あれだけ騒がしかった精霊たちの姿が残らず消える。

「これで精霊もいなくなった。聖主にも他の聖獣の契約者にも、ここでの会話を知る術《すべ》はない。ただし、長くは持たない」

　ここにいる者以外には、けっして知られることはなく、また必要であれば精霊たちが戻り次第、名に誓うことを約束した。

　そこまでやって、ようやくドワーフが口を開いた。

「……助けてください！　陶器流の子供たちを人質にされているんです‼」

ドワーフが語ったのは、胸糞が悪くなる内容だった。

陶器流はその名の通り、陶器を作るドワーフの集まりだ。

彼らは良質で陶器に適した土を求めて、大陸各地を転々とし、ラーシア大陸の西部、イクゥ国と小国家群の境に流れつく。

そのときにはもう、その地域一帯は天災に見舞われていたが、一部で土の性質が変化していたらしい。

その変質した土で焼いたところ、思っていた以上に美しい色合いに仕上がったそうだ。

そこで、しばらく定住することにしたのだが、ある日、突然子供たちの姿が消えた。

それも昼間に、親や近隣の大人たちが見ている前で、子供たちが土の中に引きずり込まれていったと。

その後すぐに、混乱しているドワーフたちの前に怪しい人物が数人現れ、子供たちの身柄を預かっている。返して欲しくば言うことを聞くように脅迫してきた。

子供たちを人質に取られた陶器流のドワーフたちは、言われるがまま他の流に自分たちのところへ来て欲しいと手紙を送った。

このとき、争乱以前よりある流ではなく、同じ分派した流のみに送ったのは、人が関わっている以上、見捨てられると思っていたからだそうだ。

得物流と農鍛冶流は、ドワーフ族の決まりを破る内容に、陶器流に何かあったのだと察したと言う。

状況を確認するため、両流から少人数の人員で陶器流がいる場所へ向かった。

しかし、そこにいたのは柄の悪い冒険者の格好をした男たちで、彼らは檻を見せつけてきた。

その檻の中に、陶器流の子供が数人、手足に枷をつけられて入っていた。

ドワーフ族は他種族と交わっても、生まれてくる子にドワーフ族の性質は引き継がれない。

だから、種族を守るためにも、子供を大切にする。

相手側はそれを知っていたのだろう。

子供を人質にされているのを見せられた得物流と農鍛冶流のドワーフたちは、無抵抗で捕えられた。

数日後、各流を説得するように一人ずつ解放され、逃げ帰った者に話を聞いた両流は言う通りにすることにした。

「得物流と農鍛冶流の子供たちも人質に取られ、奴らの言うことを聞かないと、見せしめとして子供が殺されました」

だから言われるがまま、武器や偽造の刻印を作ったと。

「子供たちはどこに囚われている？」

「わかりません」

救出するにしても、大元を抑えないことにはドワーフ族に被害が出る。

陛下はどうするおつもりなのだろうか？

「助けるとしたら、ラグヴィズに話すがよいのか？」

「それは……はい。他の流の長からも責められると思いますが、決まりを破ったのはわたしたちなので。だから、せめて子供たちだけでも！」

交換条件にするにしても手札が弱い。

聖主にとっては、イクゥ国の官吏よりドワーフ族の方が有益だから切り捨てるだろうし、イクゥ国も知らぬ存ぜぬを通せば逃げ切れる。

使節団以外の手札を切る手もあるが、ドワーフ族を助けることで得られる利益がなければ、陛下は使用しないだろう。

もし、陛下が救出を渋るようであれば、その利益をガシェ王国が提供してもいい。

ライナス帝国に保護されているドワーフ族のように、我が国にもドワーフ族がいれば産業の発展が見込める。

「いくつか方法はあるが……」

陛下が言い悩むということは、少々乱暴な方法なのかもしれない。

もし、子供たちにも被害が出るような方法だとしたら……俺は即断できるだろうか？　少しの被害で大勢が助かるのだからと言い訳がましく思いながら、あとで悔やまないか？

「どうしてこいつらを助けようとする！　わたしの番は誰も助けてくれないのに‼　わたしの番を返せっ‼」

獣王が突然、陛下に掴みかからんと身を乗り出した。

俺が動く前に、マロウ殿が間に割って入る。

「……それは本当にお前の番か？」

「そうだ！　わたしの番だ！　お前たちがわたしから奪ったじゃないか‼」

今、マロウ殿が普通にしゃべらなかったか？

「お前の番は、本当に人であったか？」

「人？　カーリデュベルは人だが、わたしの番であることには間違いない！」

マロウ殿が普通にしゃべれていることに驚きなのだが……。

それにしても、マロウ殿はなぜこんな問いかけをするんだ？

陛下の方を見やると、黙って見ているようにと目配せされた。

「本当に？　お前の番は、お前と同じ髪色をしていなかったか？」

「違う！　カリィーは瑞々しい若草のような髪で、わたしとは違う！」

カリィーね。あいつには似合わない愛称だな。

「お前の番は、お前と同じ翼を持っていなかったか？」

「持っていない！　お前も獣人ならわかるだろう！　わたしの番はカーリデュベルなんだ！」

獣王は、苦しそうに胸を押さえる。

しかし、マロウ殿は気にすることなく、同じようなことを何度も問いかけ続けた。

「本当に、心の底から求める番はカーリデュベルか？」

「心の底？」

何を言っているのかわからないといった反応をする獣王に、マロウ殿は彼女の胸元を指差す。

「心、魂といったものだ。頭ではなく、体の内側から湧き上がる衝動。鵬族の番は創造主が定めたもの。人ごときが変えられるものではない。お前の魂が求める番は誰だ？」

「わたしの魂……番……あ、あぁぁぁぁっ！！」

獣王が頭を押さえて蹲《うずくま》る。

マロウ殿はそんな獣王に近づき、彼女の頭に手を置いた。

「解除」

たったこれだけで洗脳が解けたのだろうか？

だとしたら、魔力量の多い魔族にしかできない芸当だな。

「マロウ、獣王を少し休ませようと思うがどうだい？」

マロウ殿が頷いたので、俺が席を立ち、獣王を支えて長椅子に横たわらせる。

獣王は痛みがあるのか、子供のように頭を抱えて丸くなった。

「精霊たちに聞きたいこともあるから、術も一度解こうか」

マロウ殿が弾く術を解くと、精霊たちが物凄い勢いで飛び込んでくる。

陛下は精霊たちにまとわりつかれながら、ドワーフに言葉を発しないよう伝えた。

『内緒話終わった？』

「まだだよ。獣王の具合がよくなったら再開する」

『えぇぇぇー！　また追い出されるの？』

『あれきらーい！』

『獣王、どこか痛いの？』

獣王が、精霊を見ることができなくてよかったと思うくらい騒がしい。見えていたら、休むどころではなかっただろう。

「水の精霊、獣王に水を飲ませてあげてくれ」

『いいよー！　どれくらい？』

『なんでお前が応えるんだよ！　お前は風だろ！』

じゃれ合いながらもちゃんと獣王の口に水を入れてくれたようで、獣王が嚥下《えんか》したのを確認できた。

「……マロウ殿はどこに？」

気づいたら、マロウ殿の姿がなかった。

陛下は苦笑だけで何も言わず、精霊たちがここだよと群がる。

部屋の隅も隅の方で、膝を抱えて小さくなっていた。その姿が面白いのか、精霊たちがちょっかいを出す。

「久しぶりに声を出して疲れたのだろう」

普段のマロウ殿の声は、囁き声よりもさらに小さい。

「はっきりとしゃべっていたので驚きました」

「洗脳を解くときは、ああやって綻びを作ってからでないと残ることもあるそうだ」

それで何度も問いかけていたのか。

何度もしつこく問われると、次第に自分の方が誤っているのかなと思うようになってくるらしい。

そうやって気持ちが揺らいだところで、マロウ殿が洗脳を解いたと。

「ミルマ国には洗脳を解く魔道具があると聞きましたが、それでは駄目だったのですか？」

「あれは、洗脳の魔力を無理やり引き剥がすものだと聞いたことがある。獣王のように深く洗脳されている者には効かなかっただろうね」

それからしばらくは、精霊やドワーフがいる状態で話せる話題がなく、獣王の回復をただ待つだけの時間が過ぎた。

獣王が目を覚まし、ゆっくりと起き上がった。

まだ完全には回復していないのか、目の焦点が定まっていない。

「まだ休んでいた方がいい」

俺がそう言うと、獣王は首を横に振る。

「では、何か飲むか？　とは言っても、水くらいしかないが……」

一応、茶器の用意はあるが、俺が淹れられる茶と言えば、野営のときに鍋で煮出す香草茶くらいだ。

「それなら私が淹れよう」

「陛下がですか⁉」

陛下は茶器が置いてある場所へ向かうと、本当に手慣れた様子でお茶を淹れ始めた。

「ヴィルもお茶の淹れ方を覚えるといい。意外と気分転換になる」

陛下は普段から、自分のお茶を自分で用意しているようだ。

確かに、たまにいちいち誰かを呼ぶのが煩《わずら》わしいときがあるが。

獣王にお茶を飲ませたところで、陛下が再開を切り出す。

「では、続きを始めようか」

今度は文句も言わずに一目散に逃げていく精霊たち。弾く術が本当に嫌いらしい。

マロウ殿によって再び弾く術が展開され、陛下は獣王の番について改めて問う。

「君の番は誰かな?」

「わたしの番は……ハオランだ。わたしと同じ鵬族の……なぜハオランを忘れていた……」

獣王は深く後悔しているように見えた。

「わたしの唯一なのに……。この世界でたった二人だけなのに……」

獣王が言うには、番とは生まれたときから一緒に暮らしていたらしい。

イクゥ国にある獣王の宮殿で、獣人に囲まれて過ごしていた。

「記憶が曖昧だが、九歳か十歳くらいまではハオランとともにいた。いつからか離れている時間が増えて、カーリデュベルを紹介されたときになぜか自分の番だと思ったのだ。ハオランがどうなったのかわからない。ただ、死んでいないのは確かだ!」

たとえ洗脳のかかりが悪くても、本当の番を人質にすれば獣王は言うことを聞くしかなかっただろう。

「獣王よ。君が職人街の酒場で会っていた者は何者だ？」

「あの方は……」

獣王から発せられた名前は、ある意味予想外の人物だった――。

14 陛下からの報告がやばかった！

みんな忙しいみたいで、特にお兄ちゃんとヴィは王宮にいないときの方が多かった。

ギィの本を読まされた次の日も、ヴィはどこかに行ってたようだし。

そういう私も、今日はお姉ちゃんと一緒に王様からお呼びがかかっている。

あちらでの生活のこととか聞かれるのかなぁって気楽にいたんだけど、連れていかれた先が予想外でびっくり！

「ここって……」

王様の侍従が案内してくれたのは、貴賓室の中でも最上クラスの部屋だ。

普段は施錠されていて、王宮どこでもフリーパスを持っている私でも、南棟の侍女頭か王家の侍従長の許可がないと立ち入れない。

なぜこんなところに？　と不思議に思ったが、貴賓室にいた面々を見て超納得！

「へいかにルイ様！　そうすいさんもいっしょって、何かあったんですか⁉」

こんな顔ぶれが揃っているということは……三人が避難してきたとか？

それくらい大ごとがライナス帝国で起きている⁉

お姉ちゃんも私と同じように感じたのか、繋いだ手を強く握った。

「いや、ある程度片づいたから、ガルディーに説明するついでに君たちにも聞いてもらおうと思ってね」

……ガルディーって誰だっけ？　あ、王様か！

呼び捨てにできるくらい二人は仲良しってこと？

陛下に座るよう勧められたので、遠慮なくお姉ちゃんとソファーに座る。

王様が来るまで、ガシェ王国に戻ってどんなふうに過ごしていたかを聞かれた。

私は家族だけでなく、お家の使用人やプルーマとも再会できたこと、竜舎や獣舎に遊びにいったこと、そこで竜舎の長ギゼルとウルクがやり合ったことなどを、身振り手振りを交えて話す。

「ほう。リンドブルムとムシュフシュの戦いか。それはさぞ見応えがあっただろう」

怪獣特撮映画より迫力が凄かったよ！

お姉ちゃんもこちらに戻ってきてから、趣味を満喫している。

さすがに魔法の実験とかはやっていないけど、オスフェ家の私設魔術研究所の副所長たちと抱えている案件のチェックをしたり、王立魔術研究所の研究員たちと意見交換をしたりと、魔法三昧だ。

「それでようやく名称が決まったのです！」

お姉ちゃんが意気揚々と告げると、陛下もルイさんも興味津々といった様子で耳を傾ける。

ちなみに総帥さんは興味なさそうにしているね。

「我が家の研究員たちがたくさん案を出してくれた中から『魔動列車』という名称になりましたわ」

そう。なんの名称を決めていたのかというと、トロッコもどきのだ。

ロスラン計画は当初、ヘリオス領のみでの内容だった。

たまたまラグヴィズたちドワーフと知り合い、彼らを保護する必要が出てきたので、ロスラン計画の拡張を表向きの理由とした。

トロッコもどきはドワーフたちの移動手段として、彼らが使っていた魔法をヒントに私が提案したもの。

トロッコもどきの主だった権利はオスフェ家が管理しているけど、開発研究はオスフェ家の私設研究所とライナス帝国の合同で行われている。

今までは発案のきっかけとなったドワーフにちなんで、トロッコもどきの開発計画をドワーフ計画と呼んでいた。

しかし、正式名称はオスフェ家がつけると決まっていたらしく、オスフェの研究員たちで候補を吟味し、二つに絞ってお姉ちゃんへ提出された。

そのうちの一つが魔動列車だ。

意味は、魔力で動く馬のない馬車の車列だとか。

もう一つは線車。

意味は、線の上を走る馬のない馬車を略したもの。

私も人のことは言えないけど、他にもっとなかったの？　って聞いたら、移送箱とか乗合籠とか、箱や籠を意味するものが多かったそうだ。

この二つが特に支持されたのは、魔動列車ってなんか格好よくない？　いやいや、線車も響きがいいよ！　と研究員たちが盛り上がったかららしい。

私も何か名前の案、出せばよかった！

「魔動列車かぁ。なんか格好いいね」

ルイさんは研究員たちと感性が似ているのか、名称を気に入ったようだ。

「お披露目に間に合ってよかった」

陛下はなかなか決まらないことにやきもきしていたのかな？　どこかほっとした様子を見せている。

お姉ちゃんは他にも、開発中のあれやこれの話をして、陛下たちが興味を示したらすかさず売り込んでいた。

お姉ちゃんが、私設研究所《うち》に出資しませんかなんて言い出さないか、ひやひやしたよ。

私設研究所の運営は、ほとんどお姉ちゃんが任されているからね。

本格的な商談へと発展する前に、王様の到着が告げられ安堵した。

「待たせたね」

私とお姉ちゃんは立ち上がって礼を執る。

すぐに楽にするよう言われ、気さくに話しかけてくる王様。

お姉ちゃんに美人になったねとか、私を見て、気持ち大きくなったなって。

王様が親戚のおじさん化してる！　あと、気持ち大きくなったってどういうこと？　そういう親戚のおじさんフィルターがかかってる？　私、まだ成長していないから……。くぅ、涙が出てくるぜ。

「父上、ネマは大きくなっておりません」

「……ヴィル、本当のことを言ってはネマが可哀想だろう」

この親子は‼　本人の前でズバズバ言うんじゃない！

「すぐにヴィより大きくなるもん！」

ヴィの成長はあと数年で止まるはず。身長が伸びたとしても、その数年でちょっとだけだと思う。

それに対して、私はこれからどかんと成長する予定だ。パパンとママンの子供だし、一七〇センチは超えるだろう。

「どうだろうな？」

そう鼻で笑うヴィ。

「私は、おかあ様みたいなすらりとした美人になるの！」

ママンやお姉ちゃんの足元にはおよばないだろうが、上の下……いや、中の上くらいの美人に育つのではないかと予想している。

私の宣言を聞いて、ヴィと王様が声を出して笑う。笑い方もそっくりだな、この親子！

「うんうん。ネマはセルリアに似た美人になれるさ」

王様はそう言ってくれた。

陛下とルイさんに目をやると、二人とも肩を震わせながら笑うのを堪えている模様。

「ネマちゃんはどちらかというと、可愛いまま大人になると思うよ？」

「おとう様とおかあ様の子供なのに？」

私がそう言うと、ルイさんは考え込んでしまった。

パパンもママンも、可愛い系ではないからね。その子供であるお兄ちゃんは美麗系のイケメンだし、お姉ちゃんも華やかな美少女だ。

なので私も可愛い系ではなく、綺麗系の顔立ちになるはず！

「デールラントは昔、たいそう可愛い顔をしていたよ」

「昔とは幼い頃ということですか？」

お姉ちゃんが質問した。

パパンの幼少期なら、パパンの両親とともに描かれた肖像画があるので、めちゃくちゃ可愛かったことは知っている。

「いや、今のラルフリードくらいの年頃まで、よく女の子に間違われるくらいには可愛かったぞ」

王様の答えに、私もお姉ちゃんも驚いた。

パパンがそんな年頃まで可愛い感じだったとは、到底信じられない！

「デールラントが十二歳の頃の肖像画が、王宮にあるから今度見せてあげよう」

王様はそう約束してくれたけど、そもそもなんで王宮にパパンの肖像画があるんだろうね？

不思議に思って聞いてみたら、パパンが王位継承権持ちだからって返ってきた。

王様が国内の貴族令嬢と結婚していたら、パパンが他国の女性と政略結婚する場合も考えられていたから、お見合い写真的な意味で肖像画が必要だったらしい。

同じ理由で、お兄ちゃんの肖像画もすでに王宮で保管されているとか。

お兄ちゃんの肖像画も見てみたい！

「……そういえば、お父様の肖像画、お母様と結婚してからのものしか見たことないわ」

パパンの肖像画の話をしていて、お姉ちゃんが思い出したように呟いた。

言われてみれば、両親と一緒に描かれているもの以外、全部ママンと一緒か、私たち子供と一緒のものしかない。

パパンにとって、可愛い時期はコンプレックスだったのかな？

「オスフェ公の尊厳が危ういので、そろそろ本題に入りましょう」

ヴィの一言で、部屋の空気がピリッと引き締まった。

パパンの可愛い時期の話、もうちょっと聞きたかったけど、陛下たちに付き合わせるのは申し訳ない。

「では、どこから話そうか？」

陛下が悩むほど報告することがいっぱいあるのかな？

ルイさんがすかさず、賊のことから話すべきと助言をする。

「そうだな。結果から言うと、宮殿で捕らえた賊は、イクゥ国使節団の者たちだった」

パウルが掴んできた情報では未確定だったけど、本当に使節団の人が犯人だったのか‼

「彼らの目的は、ライナス帝国に捕えられた獣王の番を探すこと。だから、宮殿内で警備が厳重で、人気が少ない場所に侵入したそうだ」

いろいろ質問したいことがあるけど、今は我慢して陛下の話を聞く。

陛下は、捕らえた使節団の者たちから、獣王様の番が誰なのかを聞き出せた。

カーリデュベルが番だと言われ、陛下はすぐになんらかの方法で欺《あざむ》いているのだと気づいたそうだ。

イクゥ国の前身である獣王国には、ある神話が語り継がれていた。それは、イクゥ国になった今でも残っている。

鵬族は神様が授けた王で、必ず番で生まれるとかなんとか。

精霊たちに確認したところ、生まれたときには確かに鵬族の男の子がいたらしい。

しかし、あるときを境に、その存在が感じられなくなったと。

「おそらく、獣王の番は聖主によって精霊が感知できない部屋に監禁されているのだろう。そして、自分の右腕であるカーリデュベルを番だと獣王を洗脳した」

精霊が入れない部屋に洗脳……。

ガシェ王国にいたルノハークにも洗脳された者がいたそうだし、国境近くの遺跡では、精霊が入れない部屋があって、そこで聖主が何かやっていたようだし。

この方法が聖主の定法とみた。

「例の遺跡でカーリデュベルを捕えられたことは僥倖《ぎょうこう》だったね」

今回、獣王様がライナス帝国に来た本当の目的が、カーリデュベルの救出。

彼らは、宮殿で寝泊まりする間にこっそりと脱走させようと計画していたらしいが、宿泊先は輝青宮ではなく別宮だった。

そのため、急遽計画の変更を迫られる使節団の面々。

宮殿に滞在できる限られた時間で目ぼしい場所を絞り、工作員を使って正門前で暴動を起こさせる。

その騒ぎの隙に、カーリデュベルの居場所を突き止め、脱走させる目論見だったが成功しなかった。

カーリデュベルが捕えられている場所は宮殿ではないのだから。

「しかし、賊はよく短期間で輝青宮を調べることができたな？」

王様の疑問に、短く協力者がいたと答える陛下。

「先に、獣王のことを話そう。獣王とは直接話をして、かけられていた洗脳も解いた」

陛下曰く、獣王様の洗脳を解いたら大人しくなり、素直に全部白状したらしい。

あの一緒に羽子板をした日。私ならカーリデュベルが捕えられた場所を知っているのではないかと思って、わざと近づいたんだって。

獣王様は、私が愛し子なのを知っていたから。

仲良くなれたと思ったのに、獣王様はそうじゃなかったのかな？　番の敵って思いながら、嫌々相手をしていたんだろうか？

そう思ったら、めっちゃ沈んだ……。

下心あって近づいてくるのは別に構わない。私が気をつければいいだけのことだから。

私が好きだと思った人に嫌われていたことがショックなんだと思う。こう、胸がずーんっと落ちていく感じ……。

「ネフェルティマ嬢、大丈夫かい？」

「……はい」

心配かけまいと、なんとか返事をする。

そのとき、総帥さんが私の近くにやってきて、ぽふっと尻尾が降ってきた。

「ほら、好きにしていいぞ」

条件反射で尻尾を握ったけど……本当に好きにしていいの？　痴女扱いされない⁇

総帥さんはニカッと笑い、私の頭をわしゃわしゃ撫でた。

ゴーシュじーちゃんのように豪快に撫でられるかと思ったら意外や意外。凄く優しい力加減で手慣れている！

総帥さんがいいならと、尻尾をにぎにぎ……。

こ、これはっ！　今までのネコ科獣人の中で最高の尻尾かもしれない‼

尻尾だけど、みっちりずっしり感が凄い！

我が国の近衛師団長が飼っているウサギのお姫さまと同じくらいの密度があると思う。

お姫さまは一見すると普通のウサギなのだが、脚が妙に長い。立つとシャキーンッて感じで脚が生える。

そのインパクトはなかなかのものだが、お姫さまの凄いところは毛量と密度だろう。

指を差し込んでも地肌に触れることがない。指が毛に行手を阻まれるのだ‼

ちなみに、お姫さまは名前である。

そのお姫さまを思い出させるほどのみっちり感よ！

尻尾をするりと先っぽの方まで撫でる。

大型のネコ科動物に見られる、先っぽの方がちょっと太いのもまたいい！

あと、先っぽだけちょっと毛が長くて柔らかいのも、にぎにぎが止まらなくなるね。

「はぁぁぁ、ずっと触っていたい……」

なでなでとにぎにぎを繰り返しながら堪能していると、思わず心の声が漏れた。

「そうだろう、そうだろう。俺の尻尾はちびたちにも大人気だからな」

「ちびたち？」

「あぁ、俺の二人の息子だ」

お子さんがいたことにびっくり！

……って考えてみれば総帥さんはルイさんと同年代。総帥という重役に就いており、侯爵家当主でもある。結婚して、小さなお子さんがいてもおかしくない。

「下の子はまだ二歳だが、俺の尻尾を咥えるとすぐ寝るから、嫁さんに重宝されている」

ナニソレカワイイ‼

ちっちゃいにゃんこがパパの尻尾をおしゃぶりしながらねんねしているとか‼　それは絵に残して家宝にするレベル‼

「ちなみに上のお子さんはおいくつで？」

「四歳だ。俺の尻尾目がけて飛びかかってくる」

まさに親猫とじゃれる子猫！

総帥さんも子供の方から積極的に来てくれるのが、たまらなく嬉しいのだろう。

いつもはキリッとしている顔が綻んでいる。まぁ、パパンほどデレデレしてはないが。

もう少し、総帥さんとお子さんのカワイイエピソードを聞いていたかったけど、私の気持ちが落ち着いたからと報告が再開された。

「輝青宮を奴らが動き回れたのは、手引きをした者がいたからだ。ヴィルヘルトより、帝都の酒場で獣王が怪しい人物と会っていたという情報を得た」

ヴィがなんでそんなことを知ったのかと思ったら、ギィの本の件でエルフの森に行ったときに赤のフラーダと会ったらしい。

実際に怪しい人物を見たのはラックさんたちで、彼らが怪しい人物の手がかりを持っていたから調べることができたと。

「手がかりはヘリオス伯爵家の傍流、ラムジー男爵家の紋章だった。ヘリオス家は以前よりイクゥ国と交流を持っていたが、ロスラン計画でイクゥ国の難民を受け入れるようになってからより密接になっていたようだ」

だから、ヘリオス家の者が獣王様を手助けしたと続くと思ったら、だいぶ違っていた。

ラックさんたちは、獣王様とそのラムジー家の誰かが、私を誘拐するしないの話をしていたのを聞いたらしい。

誰かが私の誘拐を企てていると思って、どうにか知らせるためにエルフの森へ向かったと。

「獣王に店で会っていた人物は誰か問うた。ネフェルティマ嬢は誰だったと思う？」

私に問いかけるってことは、私が知っている人なの⁉

「……まさか、ヘリオス伯爵ですか？」

創作物の中で王族や高位貴族が身分を隠す場合、所有している爵位の中で最も低いもので名乗ったり、分家の者になりすましたりすることがある。

これもそのパターンだと思った。

「いいや。獣王は『ゼル』と名乗っていたと言っていた」

ゼル……？　知らない名前ですね？

わざわざ聞いてくるくらいだから、私の知っている人だと思ったのに……。

「ヘリオス家の家門で、ゼルという名前は一人しかいない。ゼルティール・ヘリオスだ」

なんだってーー⁉

……あ、ルティーさんのことか。

先日も歓迎の宴で会ったけど、男にしておくのがもったいないほど、女装が似合う美人っぷりだったな。

　雰囲気でなんか驚いてしまったけど、ルティーっていう愛称がマッチしすぎて、本名を忘れちゃうんだよね。

「誰かがルティーさんの名前をかたっている可能性は？」

　正直、ルティーさんがそんな大それたことするかな？　って疑問だよね。

　考えられるとしたら、逆らえない立場の人からの命令だけど、そうするとヘリオス伯爵か伯爵以上の爵位を持つ誰かってことになる。

「誰かが偽名を使っていた可能性ももちろんある。そこで、獣王のいうゼルが誰なのか、炙《あぶ》り出そうと思ってね」

　炙り出し作戦は、獣王様を送り出す送別の宴を使ってやるらしい。

　予定を繰り上げて、急遽帰国することになったと理由をつけ、イクゥ国と関わりのある貴族だけを招待する。その際、家門すべてが参加するようにと条件をつけるそうだ。

　そして、会場に赤のフラーダたちを潜入させて、お店で目撃した怪しい人物を探してもらうというものだった。

　いくら招待者を絞っても、会場で探せって無理があるんじゃね？

　それに、いきなり家門全員参加してねっていうのも無茶振りだし、陛下にしては作戦が大雑把だなって思った。

「申し訳ないが、カーナディア嬢とネフェルティマ嬢にも宴に出席してもらいたい」

宮殿で騒動が起きて、私たちは安全のために一時帰国したけど、使節団の件や獣王様の件は表沙汰にできない。

私たちが宴で姿を見せることで、問題は解決したと示す。つまり、裏を返せば、使節団が悪さをしたからイクゥ国に強制的に帰す、と見ることもできる。

そうすることで、もっと重要な部分、獣王様の洗脳や本当の番については気づいていないと見せかけるというわけらしい。

「捕まえた使節団の人たちはどうなるのですか？」

「それはイクゥ国の出方次第となる。我々も簡単に許すわけにはいかないのでな」

強制帰国といっても、捕まった使節団の人たちは身柄を拘束されたままのようだ。

実質的な被害はなかったとはいえ、皇族が住む宮殿を荒らしたのだから、国の面子にも関わってくる。

とりあえず、獣王様は使節団の責任者としてイクゥ国に事情を説明する役目があるため帰国させるそうだ。

他に、宮殿の侵入に関わっていない使節団の者もいるそうで、その人たちも獣王様と一緒に帰国するらしい。

「もし、宴で怪しい人物を見つけられなかったらどうするんですか？」

怪しい人物を見つけられなかったら、宮殿に立ち入ることができる身分の者が私を狙っているままということになる。

「その場合、ネフェルティマ嬢たちの一時帰国の期間を延ばすつもりだ」

ガシェ王国も完全に安全とは言えないが、私がガシェ王国にいれば何かしら動きがあるだろうとのこと。

つまり、囮《おとり》ということだな。

さらに今なら、捕まえたルノハークの捜査協力として、王国騎士団とライナス帝国軍が連携しているから人員も送りやすいと。

「聖主の尻尾を掴むときがきたというわけですね！」

カーリデュベルという聖主の正体を知っている人を捕まえてから、確実に事は動いている。

おそらく、聖主も焦っているのではないだろうか？

まぁ、自分の正体を知る手下が、敵の手に渡ったとなれば焦りもするよね。陛下がチャンスだと思うのもわかる。

ガシェ王国に帰って私は痛感した。

いい加減、お家で家族団欒がしたいと！

パパンやママンが訪ねてくるのではなく、あの王都の屋敷でみんなで過ごしたい‼

ならば、その囮役、やってやろうじゃないか‼

15 炙り出されたのはだーれだ？

イクゥ国使節団の送別の宴が開かれる日。

私とお姉ちゃんは、衣装などすべての準備をガシェ王国の方で行った。

今回はガシェ王国の正装ではなく、ライナス帝国の衣装を着せられたんだけど……。

「ネマもカーナもとても綺麗だよ！」

輝青宮へ向かう私たちをお見送りに来たパパンが、眩しいものを見るかのように目を細め、なんならちょっと目を潤ませながらベタ褒めしてくる。

「ネマは、聖獣様たちからいただいた玉は全部身につけているね？」

「うん、大丈夫！」

ラース君の腕輪は服に隠れているので見えないし、ディーのストラップはベルトの中に隠してある。ユーシェのブローチはどこにつけようか悩み抜いた結果、胸元につけることにした。まぁ、そこが一番無難だよね。

「宴が終わったら、すぐに帰ってくるように」

送別の宴で、獣王様に協力していた人物が見つかっても、見つからなくても、私たちはガシェ王国に戻るよう言われている。

獣王様は問題ないとしても、賊ではない使節団の人たちが味方とは限らないからね。

彼らがイクゥ国に帰り、捕まっている人たちの処遇が決まるまでは、ガシェ王国にいた方がいいだろうって。

「やはり今からでもお願いして、私も宴に参加した方が……」

パパンがそんなことを言い始めたので、これは早く宮殿に行った方がよさそうだ。

「お父様がいないと、皆様が困ってしまいますわ。それに、いざというときにお父様がいなかったら、誰が指揮を執るのですか？」

お姉ちゃんもそう思ったのか、パパンを思い留まらせようとする。

この国の宰相職は、王様に次ぐ権限を持つ。

身分としてなら王様の次は王太子なんだけど、状況によっては王太子よりも権限が強くなることがあるのだ。

「宮殿には守ってくれる人がたくさんいるし、おとう様は王宮にいてくれた方が私も安心だな」

お姉ちゃんと私の説得により、パパンは渋々、本当に不満たっぷりって顔をして引き下がった。

「では、お父様。行ってまいります」

「いってきまーす！」

転移魔法陣が発動し、輝青宮へ飛んだ。

宮殿の転移魔法陣の部屋にはすでにクレイさんとアイセさんがいた。

予定の時間より少し早いが、クレイさんが女性を待たせるのはダメだと、アイセさんを引っ張ってきたらしい。

クレイさんは早めにきて正解だったろって、アイセさんにドヤ顔していた。

「これ、ネマにお土産」

控え室に移動して各々寛ぎ始めた頃、アイセさんが何かの瓶詰めをテーブルの上に置く。

「アイセ様、どこかに行ってたの？」

歓迎の宴のときにはいたので、そのまま宮殿に留まっているとばかり思っていた。

どこのお土産なのか教えてくれないまま、謎の瓶詰めの蓋を開けるアイセさん。

瓶の中身をお皿に移して、フォークをつけて私の前に……。

見た目は白くてまん丸で、お団子みたいだ。漬けてあるシロップみたいなのが甘いのか、ほのかに漂ってくる香りも甘い。

一口で食べるには大きいので、フォークで半分にしようとしたら、ツゥルンッとお皿の上で逃げられた。

何度やっても逃げられるので、フォークをぶすっと突き刺して口元へ。

一口分、前歯で噛み切ろうとしたら……グニュッとしたなんとも言えない食感、じゅわっとしみ出る液体。それが舌に触れた瞬間、襲いかかる衝撃の甘さっ‼

あまりの衝撃に手からフォークが落ちる。

「うぁぁぁ……」

なんとか噛み切ったものの飲み込めず、口も閉じるに閉じられず、唾液が溜まる一方で。

まるで毒を盛られた被害者のように、体をこわばらせて苦しむ。

口から唾液が溢れそうになって、なんとか飲み込むも、襲ってくる甘さに再び悶えた。

甘さが歯にしみるってこういうことかぁぁぁ‼

「あああぁ……」

ゾンビのような声にかぶさるように、誰かの笑い声が響く。

「ひぃ、腹痛い……」

お腹を抱えてあははと大笑いするアイセさん。

笑ってないで助けろっ！

アイセさんの笑い声で、ようやく事態に気づいたお姉ちゃんとクレイさんがこちらにやってきた。

「アイセ！　何をした……って、これはテタスのクルヌブ漬けじゃないか⁉」

クレイさんの叫びを聞きながら、お姉ちゃんが差し出してきたお皿に口の中のものを吐き出す。

お水も渡されたので、勢いよく飲んで口の中を洗い流した。

……それでも口の中が甘いぃぃぃ。

宴が始まってもないのに、すでにげっそり疲れた。

てかアイセさん！　いつまで笑ってんの‼

「ネマなら面白い反応をしてくれると思ったけど、予想以上だった！」

笑いが止まらないアイセさんは、まさに悪戯が成功して喜ぶ悪ガキ。

お腹がお水でたぽんたぽんになったところで、ようやく口の中が落ち着いた。

「これは本当に食べられるものなのですか？」

お姉ちゃんは怪訝そうに瓶を見つめる。

ラベルには、テタス名物クルヌブと書かれていた。

「これはテタス領に古くからあるお菓子で、ヌブクという甘い実の粉を練って、クルというひたすら甘い花の蜜で長時間低温で茹でたものだ」

クルの蜜とヌブクの実でクルヌブ。わかりやすいね。

「食べられないくらい甘いのはおかしい！」

甘いもの大好きな私でも無理だったんだよ？　これを食べきれる人いないでしょ！

「あー、テタスの郷土料理は全部甘い。地元民にとって、甘味はこれくらい甘いのが美味しいらしい」

なんと、味覚崩壊を起こしている地域があるとは……。

その領の環境が糖分ないと生きていけないとかなのかな？　どんな環境ならそうなるのか、ちょっと想像できないけど。

「お土産として大人気なんだけどな」

アイセさん、それ、怖いもの見たさ的な、ネタとしての人気だよ！

私は食べられないけど、食べ物を粗末にするのもよくないので、このお菓子は白たちにあげよう。スライムならゲロ甘でも気にせず食べるはず。

控え室でだいぶのんびりしているけど、すでに会場には招待された貴族たちが集まっているらしい。

のんびりしていていいのか聞いたら、陛下が皇族は時間を置いてくるように指示があったと教えてくれた。

これも炙り出し作戦のうちなのかな？

ようやく会場に入場するようにと侍従が伝えにきて、アイセさんのエスコートで宴が開催される広間に向かう。

会場は、歓迎の宴をやった広間とは別の部屋だった。会場にいる貴族の数も、前回よりちょっと少ないかなって感じだけど、会場が狭いからそう感じるのかも。

高座の配置も変わっていて、前回は右に皇族、左に使節団だったが、今回は使節団はおらず、皇族とそのペアが並んで座るようになっている。

皇族の顔ぶれも減っており、ダオとマーリエは参加が許可されておらず、マーリエ父もいない。ルイさんはまた、獣王様をエスコートして入場すると思われる。

しかし、皇族が減っていても警備の数は前回同様か、多いくらい配置されていた。

高座の、下からは見えない位置に各警衛隊の精鋭が待機していて、その中に森鬼とスピカ、星伍と陸星も一緒にいる。

ウルクはどこかで姿を消していると聞いているし、パウルを始めとする我が家の使用人たちも招待客に紛れて会場にいるらしい。

また、貴族出身の軍人も同じように会場に潜入しているとかいないとか。

送別の宴なのに、送別するイクゥ国の使節団の姿がないことに、出席している貴族たちは困惑しているみたい。

その証拠に、皇族が入場しても会場はざわめいたままだ。

陛下の入場が告げられて、ようやく会場は静かになる。

礼をして、陛下のお言葉を待つ。

「皆、面を上げよ」

お許しが出たので姿勢を戻し、陛下の方を向いた。

ちょっと顔色がよくないけど、相変わらず、獣王様は美しい……。

挨拶もできないまま獣王様が帰ってしまったら、ダオとマーリエは悲しむだろうなぁ。

洗脳されて仕方がなかった部分があるとはいえ、陛下が獣王様を子供たちに近づけないようにするのも理解できる。

楽しかった時間は本物だから、二人が獣王様の目的を知ったら裏切られたような気持ちを抱くかもしれない。

それなら獣王様とは会わずに、遊んでくれた優しい人として思い出にした方がいいと思う。

ダオとマーリエに思いを馳《は》せていたら、獣王様の隣にいる人に気づくのが遅くなった。

なぜか、マーリエ父が獣王様をエスコートしている。

「ルイ様じゃない？」

思わず呟いてしまったら、アイセさんがこっそり耳打ちしてくれた。

ルイさんは、捕らえた使節団の処遇を交渉するために、イクゥ国に行っていると。

それで、代打としてマーリエ父がエスコートすることになったらしい。

マーリエ父が獣王様をエスコートするからという理由で、マーリエ母とマーリエの参加を免除した。……ということになっているそうだ。

ダオのパートナーもいなくなるのでダオも欠席。

テオさんの婚約者候補さんの姿もなく、テオさんはエリザさんをエスコートしていた。

国賓扱いされているとはいえ、皇族の中に他国の貴族がいるのは目立つ。

ライナス帝国の衣装を着せられたのも、この場で少しでも目立たないようにするためだったようだ。

「急なことではあるが、イクゥ国の使節団が帰国することとなった。すでに帰国の途についている者もいるが、獣王には無理を言ってこの宴に参加していただいている。別れは惜しいが、楽しい時間にしようではないか」

陛下の言葉が終わると、今度は獣王様が一歩前に出る。

「皆には申し訳ない。残りわずかではあるが、よろしく頼む」

覇気のない声だったが、それがかえって帰国を惜しんでいるように聞こえる。

獣王様とマーリエ父のダンスで宴が始まった。

「ネマも踊るか？」

アイセさんが踊っている二人を見つめながら聞いてきた。

「身長差で無様なことになりそうだからやめておきます！」

アイセさんの身長なら、お兄ちゃんやヴィのときみたいにはならないと思うけど、それでも優雅に踊れる身長差ではない。

「確かに。僕もこんな歳で腰を痛めたくないな」

アイセさんは私を見下ろして笑う。

まったく失礼な！

アイセさんを無視して、参加している貴族たちを見渡す。

総帥さんを発見したけど、総帥さんの周りは大人の獣人ばかり。全員、軍部所属の獣人だったりして。

歓迎の宴では、ミーティアちゃんやルネリュースの妹さんといった年下の子たちも参加していたから、総帥さんの息子さんがいないかなって、ほんのちょっと期待してたんだけどなぁ。さすがにまだ四歳の幼児は連れてきたりしないか。

そのとき、見覚えのあるクマの耳が目に飛び込んできた。

あの灰色がかった珍しい色はラックさんでは!?

獣王様の協力者を探すために、貴族のふりをさせられていたりする??

ラックさんの側には美人なお姉様がいるけど、たぶん赤のフラーダにいた人だ。

他のメンバーも参加者に紛れているのかと探していると、フラーダの面々ではなくヘリオス伯爵を見つけた。

男装の麗人にしか出せない格好よさを、今日も振り撒いているな。

ヘリオス伯爵の周りは、同年代の若者で集まっているようだ。

ヘリオス家に連なるお家の者たちなのかな？

ただ、ルティーさんの姿がない……。

陛下は間違いなくルティーさんを招待している。

もしかして、陛下がもう捕まえちゃった⁉

陛下を見やるも、陛下は感情の読めない表情で会場を眺めていた。

なんの変化もなく宴は進んでいき、獣王様が高座に戻ってきた。

たくさんの人としゃべったから、ちょっと休憩のようだ。

「ヘリオス伯爵を呼べ」

いよいよ陛下が動き出す。

警衛隊員が会場からヘリオス伯爵を探し出し、高座の前まで連れてきた。

「フランティーナ・ヘリオス、御前に参りました」

「そなたに早く知らせてやろうと思ってな。例の物の正式名称が決まった」

何を言うのかと思ったら、それ⁉　トロッコもどきの正式名称を今言うの⁇

「例の物と申しますと、ド……ロスラン計画の移動手段のものでしょうか？」

ヘリオス伯爵、ドワーフ計画って言いそうになったけど、獣王様がいるから言い直したな。

というか、獣王様がいる前で正式名称言っちゃっていいのかな？　獣王様、トロッコもどきのこと知ってんだっけ？

ライナス帝国内では、ロスラン計画やそれに付随する計画のことは部分的に公表されている。トロッコもどきに関しては、貴族向けの説明会をやったので、イクゥ国が調べようとすれば情報の入手はできると思う。

トロッコもどきの話題が出ても、獣王様に変化はない。一生懸命知らないふりをしていたりする？

「あぁ。正式名称は魔動列車に決まった」

少しだけざわめきが起きた。

陛下の声が届く範囲にいた人たちは、しっかり聞き耳を立てていたようだ。

「それは素晴らしいです。名称が決まれば、領民たちもより親近感を覚えてくれるでしょう」

ヘリオス伯爵は嬉しそうに笑みを浮かべた。

ヘリオス領では、ロスラン計画を不安視する声があるらしい。

まぁ、新たな政策は慣れるまで不満の声が上がりやすいと聞くが、ヘリオス伯爵はイクゥ国の難民を受け入れているので、治安の悪化などを心配する領民も多いのだろう。

今回、イクゥ国の使節団が問題を起こさなければ、友好国の人たちとして難民の見る目が変わっていたかもしれないだけに残念だ。

「魔動列車って、ネマが考えたのか？」

アイセさんが質問してきた。

「違うよ。オスフェの研究所のみんなが決めたの」

そのとき、ジャラッという聞き慣れない音がした気がして、会場の方を向いた。

ぐいっと体を持ち上げられる感覚と謎の浮遊感。

不思議に思って見上げれば、私の体は荷物のようにアイセさんの脇に抱えられていて……。

「噴射」

アイセさんが何か呟くと、浮遊感よりも空気抵抗だか加速度だかの力の方が強くなる。

「うぇぇぇ⁉　アイセさぁぁぁん⁇」

アイセさんの靴から物凄い勢いの風が吹き出しているのが見えた。

「主！」

「ネマ様っ‼」

森鬼とスピカの慌てた声が聞こえ、アイセさんの体が空中でぐらついた。

森鬼が精霊術で何かしたのかもしれないけど、落っこちそうで怖い！　人間、たった一メートルでも打ち所が悪かったら死ぬんだぞ‼

床から数メートルも離れているのを見て、魔法か魔道具かで跳躍しているのだとわかる。

眼下ではヘリオス伯爵が私たちを見上げており、その口元は不自然なほど口角が上がっている。

異変を察知した警衛隊や軍人たちがヘリオス伯爵に近づこうとしているが、それを阻む人たちがいた。

とはいえ、貴族と戦闘職では力の差は歴然で、ヘリオス伯爵に近づけまいとする人たちはことごとく捕縛されていく。

だが、無情にもその時間がヘリオス伯爵に味方した。

彼女の足元がほのかに光り始めると、どこからともなく袋がいくつも投げ込まれた。

そのうちの一つから中身がこぼれる。そこそこの大きさがある魔石がコロコロと床を転がる。

アイセさんはそれらの袋を踏まないよう、ヘリオス伯爵の隣に着地して……。

「テルフビリュフ・アーベラ」

ヘリオス伯爵が何かを唱える。

私には、その言葉の意味はわからなかった。エルフ族の名前のように、馴染みのない発音だったし。

それとは別に、馴染みのあるキラキラが出現したことで、転移魔法が発動したことを知る。

「ちょっとぉぉ‼」

私の叫び声は虚しく、キラキラの中に消えていった。

どこに連れていくのさー‼

ネフェルティマ・オスフェ、人生三度目の誘拐です‼

番外編　幸せの味はみんなで楽しむべし！

今日のおやつはなんだろなーと、ウキウキ気分でリビングに向かうと、パウルが何かの箱を持っているところに遭遇した。

「ネマお嬢様、お茶の時間になさいますか？」

「うん！　今日のお菓子は何？」

「それは……お楽しみということで」

パウルは箱を大事そうに抱えて、そそくさと簡易キッチンの方へ消えていった。

なぜ教えてくれなかったのか首を傾げつつ、大人しくテーブルに座っておやつが出てくるのを待つ。

しばらくすると、お茶のセットとケーキと思しき物体が目の前に置かれた。

「本日のお菓子は、デアをたっぷり使った焼き菓子です。旦那様がお嬢様方へと送ってくださいました」

こ、これはガトーショコラじゃないですかー!!

チョコもどきは希少なので、めったに食べられない高級品ですよ！

パパンありがとう!!

心の中のパパンに向かって、ガトーショコラもどきを送ってくれた感謝を込めて拝む。

「早速、いただきまーす！」

ガトーショコラをフォークで一口サイズに……いや、もうちょっと大きく……。

下品にならないギリギリの大きさにカットして、注意されない程度に口を開けて頬張る。

「……うぅぅおいひぃぃぃぃ！」

「ネマお嬢様」

感動のあまり、つい声に出していたようだ。行儀が悪いとパウルから注意されてしまった。

でも、久しぶりのチョコ！　幸せの味がする‼

チョコが美味しくて、もっと食べたい欲求がむくむくと湧いてきた。

とはいえ、こちらの世界のお菓子は焼き菓子が主流。

チョコもどきは生地に混ぜてあるか、ソースとしてかけてあるくらいしか見たことない。

つまり、チョコまんまの板チョコも、トリュフも、ガナッシュもないと思われる。

では、どうやってチョコもどきを堪能するか……。

手軽にできそうなのはチョコフォンデュ！

果物やパンに、とろとろに溶けたチョコをつけて食べる。絶対美味しい！

ただ、小さな鍋で溶かしてだと面白くないから、ファウンテンにしよう。

きっと、チョコの噴水を見れば、ダオとマーリエも喜ぶはずだ。

そうと決まれば、お姉ちゃんにチョコファウンテンの魔道具を作ってってお願いしなくては。

とその前に、ガトーショコラを堪能するべし！

お姉ちゃんが帰ってくるまでに、チョコファウンテンの設計図を描くことにした。

設計図といっても、大まかにこんなやつって感じだけどね。

土台は円形にして、チョコを温めるヒーターとチョコを入れる器、真ん中にはチョコをくみ上げるスクリュー。

スクリューを隠すカバーには、受け皿を三つつけよう！

動力源の魔石や魔法陣等は土台の中に隠して、発動はスイッチ式がいいな。

呪文を詠唱してもいいけど、使う魔法によっては変な詠唱になりそうだし。

「これはまた……奇妙なものを思いつかれましたね」

私が描いた設計図もどきを見て、パウルはなんとか感想を捻り出した。

「素直に下手だって言っていいんだよ？」

ダオとマーリエと遊んでいれば、自分の絵のレベルが下の方……いや、芸術全般に才能がないのだと嫌でも理解する。

「いえ……お嬢様の絵は、味のあるよい絵でございます」

味のある……ものは言いようだな。まぁ、いいけど。

とりあえず、パウルにチョコファウンテンを説明し、彼の意見を聞いてみた。

「これは温かくないといけないのですか？　デアの糖蜜は冷やしても固まらず、美味しいと聞きますが？」

なんですと⁉

パウルに詳しく聞くと、地球産のチョコレート、つまりカカオから作るものとはだいぶ違っていた。

デアという木になる実、ここまではカカオの実と同じ。

チョコレートはカカオの実から豆を採取し、発酵と乾燥をさせ、ローストして皮を取って砕いて練ってと、たくさんの工程をへてチョコレートになる。

対するデアの実は丸くて、みかんの房のように分かれた果肉部分を加熱して、とろとろの液状にするらしい。

つまり、固形のチョコにはならない⁉

固形チョコは置いといて、固まらないならマジでファウンテン向きでは？　固まって流れなくなることもなさそうだし。

冷たくても美味しいのなら、加熱と冷却の両方できるようにしてもらうのもありだ。

そしてパウルは、ファウンテン自体の素材にも言及してきた。

要約すると、くみ上げているときに温度が変化するから、熱伝導の高い金属で作るのがいいだろうって。

パウルの意見もしっかりメモって、あとはお姉ちゃんに見せるだけ！

お姉ちゃんが帰ってきて、早速設計図もどきを見せてみた。

「小さな噴水にデアの糖蜜を流す……驚いたわ！　これを商品化できたら、きっと社交界で大注目されるわよ！」

小規模のお茶会とかでなら、チョコファウンテンを披露してもネタになると思うけど、大きなパーティーだと食べる人少ないんじゃないかな？

うっかりチョコをドレスに落としたら大惨事だよ？

食べるときに紙エプロンをつけてもらえば……ドレスに紙エプロンの絵面を想像したら笑えてきた。

「魔法構造自体はそこまでいじらなくてもよさそうね。問題は部品かしら？」

ふむ。ようは、スクリューを回転させるためのロータ部分をどうするかってことか。

私のイメージだと、歯車がぐるぐる回っているんだが……。

お姉ちゃんに話したら何か閃いたらしく、お祖父様に手紙を書くと言って部屋に籠もってしまった。

お祖父様といえば、母方の祖父しかいない。

お祖父ちゃんは、からくりとかの物作りが得意なので、スクリューを回転させる仕組みについて相談するのかも。

それから、ちょっと待っててねと言われ、数日が過ぎた。

その頃にはチョコを食べたい欲も収まり、日々のおやつに満足していた。

◆◆◆

今日はダオとマーリエが遊びにきていて、マーリエが先日観劇したという舞台の話を聞いていた。

昔の皇后様が主人公のお話で、ライナス帝国の長い歴史の中でも二人しかいない、聖獣と契約できなかった皇帝陛下とのラブロマンス。

主人公の皇后様の生い立ちがかなり悲惨で、舞台用に脚色なり誇張されていると思ったら、史実だと記録があるとダオに言われた。

「いやいや、前妻との子である異母兄にいじめられて、父親の政敵が刺客を送り込んできて、異母兄を庇って母親が死んだ上に、その皇后様は魔石を飲まされて魔力暴走を起こした結果、魔法が使えなくなって、さらに体に障害が残って、療養と称して田舎に閉じ込められてたって、不遇にもほどがあるでしょ⁉」

シンデレラですらそんな悲惨な目に遭ってないわ！

「ファテアーナ様の幼少期は、誰もが涙するほどおつらかったそうよ。わたくしも、演技だとわかっていても泣いてしまったもの」

その皇后様は、政敵が排除されたら帝都に戻り、貴族令嬢として暮らし始めたが、田舎生活との違いにより、他のご令嬢方から爪弾きにされたとか。異母兄へのトラウマからか、父親以外の異性に近づかれるとパニックになったりと、苦労が絶えなかったらしい。

「でも、水の聖獣と契約したんだよね？」

「そうよ。学術殿に入る前に、父親であるガルドー総帥と行ったルーラテラ湖で水の聖獣様に見初められたのよ」

当時の総帥はストハン家ではなかったのかとか、ルーラテラ湖がどこなのかとか、疑問はいっぱいあったけど、マーリエの語りが続いていたので黙っておく。

舞台は一部と二部に分かれていて、一部は皇后様のつらい幼少期から聖獣と契約するまで。二部からようやくラブロマンスが始まるらしい。

「当時第二皇子であったアーカイン様だけがファテアーナ様への態度を変えず、それでファテアーナ様が徐々に惹かれていくの！」

聖獣と契約したら、周囲が面白いくらい手のひらをくるっくるして、皇后様は人間不信に陥った。

第二皇子様とやらは、皇后様が聖獣と契約する前も突き放すような態度を取っていたとか。

「アーカイン様の不器用な優しさがこれまた凄くよくて！」

二人の恋路には、これまたいろいろな障害が立ち塞がり、それらを乗り越えてハッピーエンドになるわけだが、すべて史実に基づいたお話なのが恐ろしい！

第一皇子が第二皇子の命を狙ったり、皇弟の息子が皇后様を手籠めにしようとしたり、政権争いの怖いこと全部詰め込みましたって感じだ。

「ネマも機会があれば、ぜひ観にいくといいわ。それより、原作となった本を読むのが先かしら？」

マーリエが私を沼に引きずり込もうとしている⁉

ダオに助けを求める視線を向けると、ダオはのほほんと告げた。

「ネマにはファテアーナ様のお話より、クローディア様のお話の方が向いていると思うよ」

また知らない名前が出てきたと思ったら、ファテアーナ様と同じように、聖獣と契約できなかった皇帝と結ばれた契約者の人らしい。

クローディア様のお話は、冒険要素もあるみたいなので、私としても少し気になる。

他にもおすすめの演目の話を聞いていたら、お姉ちゃんが興奮した様子でリビングに飛び込んできた。

「あら、ごめんなさい。お話の邪魔をしてしまったわね」

「大丈夫だよ。それより慌ててどうしたの？」

お姉ちゃんはそうだったと、両手をパンッと合わせ、いい音をさせた。

「デアの噴水が届いたのよ！」

「えっ！　もう⁉」

お姉ちゃんの背後には、大きな箱を抱えた森鬼と海の姿があった。

「デアの噴水？」

ダオが興味を持ってくれたことをこれ幸いと、テーブルの上に箱の中身を出してもらう。

テーブルの上にドドンと置かれたチョコファウンテン。前世で見たことのあるものとそっくりな外見に、期待は高まる！

「これが噴水なの？　形が変よ？」

宮殿の豪華な噴水を見慣れているダオとマーリエにしてみれば、歪《いびつ》な形に見えるだろう。

「これはね、デアのとうみつを流す、特別な噴水なんだー」

自分でそう説明しておいて、はたと気づく。チョコもどきを用意していないことに……。

今すぐ試したいのに、そう簡単にチョコもどきは用意できないと。

「実は試作機は二つあってね。いくつか流すものの種類を試して欲しいって言われているの。流すものの材料も、もちろん準備してあるわ」

お姉ちゃんの言葉に、私は即座に反応した。

「デアもあるの!?」

「えぇ」

よっしゃー！　これでチョコファウンテンができる！

私はパウルとスピカにすぐ準備するようお願いした。

まずはカットフルーツ。こちらの世界の果物とチョコもどきの相性がわからないので、よく食されるものと手に入りやすいものにしてもらった。これなら、宮殿の厨房にも常にストックされているからね。

次はパン。柔らかいパンに硬いパン、軽くトーストしたものとか。

あとは焼き菓子各種。クッキーにパウンドケーキ、マドレーヌ、ビスコッティみたいなやつやパイもお願いする。ナッツ類も忘れてはならない！

「ネマ、そんなに食べられないでしょう？」

「全部一口の大きさだから大丈夫！」

マーリエに欲張りすぎだと注意されたが、ちょっとずつだし、具材で味も変わるから飽きもこないし、いろいろ試さないと！

すべての準備を終えるのに少々時間がかかったが、その間にお姉ちゃんからファウンテンな魔道具の説明を受けていた。

使用されている魔法は簡単なもので、詠唱にしなくて正解だった。

詠唱だと『温める』『冷やす』『回す』という、なんの捻りもない呪文になるらしい。せめて熟語ならまだマシだったと思う。

「まずはデアの糖蜜を一番下の受け皿に入れる」

シェルがお姉ちゃんの指示に従って、瓶に入ったチョコもどきをチョコファウンテンに注いだ。

「ネマ、温かいのと冷たいの、どちらにする？」

「あったかいの！」

冷たいのも気になるが、やはり温かいものの方が前世と比べやすい。

「じゃあ、調節器を加熱に切り替えて、横にある発動装置を押す」

電源をポチッと押したところで、見た目には変化がない。

ちゃんと温まってんのかな？

お姉ちゃんが言うには、温度の上限は決まっているそうだが、火傷をする恐れがあるので稼働中の装置には触れると危険だって。

それなら、食べ頃を教えてくれる合図が欲しいよね。

ランプが点くのでもいいし、温度で色が変わるサーモカラーとかあると楽しいと思う。

そうこうしているうちに、具材を集めにいっていたパウルとスピカが戻ってきた。

テーブルの上には、リクエストした具材が次々に並べられていく。

このままでも美味しそう！

「さぁ、準備は整ったわね。早速、みんなでいただきましょう。では、くみ上げ開始！」

最後はお姉ちゃん自ら、スクリューの回転スイッチを押した。

魔道具から微かに物音が聞こえてくるが、音が小さくて不安になる。

数秒待っていると、ファウンテンの天辺からチョコもどきが出てきて、お皿を伝っていき、噴水のように流れ落ちた。

「やった！　成功だね‼」

イメージ通りのチョコファウンテンに、思わずはしゃぐ。

「凄い……本当にデアの噴水だ……」

「ネマの食べ物への執着を甘くみていたわ……」

ちょっとマーリエさん？　感心するところそこなの⁉

チョコファウンテンに衝撃を受けている二人を横に、私は早速具材を手に取る。

まずはキウイもどきにしよう。見た目は黄色いキウイだが、味はそこまで甘くなく、かといって酸味もなく、さっぱりした味のする果物だ。

串をチョコファウンテンに近づけ、落ちてくるチョコもどきをたっぷりとかける。

「串の先に気をつけるのよ？」

「うん」

ちょっとだけふーふーして、一口で頬張る。

はぁぁぁチョコが美味い‼

しかし、チョコの美味しさが強すぎて、キウイもどきの存在感が消えている！

「うーん、いまいち。ダオとマーリエも好きなもので挑戦してみて。あと、感想もよろしく！」

ダオとマーリエは顔を見合わせ、互いに何か決心したような、硬い表情でそれぞれ串を手に取った。

食材を串に刺して焼く料理はあるので、串が珍しいってことはないはず……。

ダオが手にしたのはいちごもどき。マーリエはなんと、パウンドケーキを手にした。

ちょっと無難すぎる！　少しは冒険しようよ！

おそるおそる手を伸ばし、ちょびっちょびっといった具合にチョコもどきをかける二人。

「もっとドバーッとかけないと！」

「そうしたら、デアの味しかしないでしょ！」

……確かに。さっきのキウイもどきもチョコをかけすぎたのがいけなかったのか。

「……あら、美味しい」

「うん。思っていたよりも合うね」

いちごもどきは酸味があるので、なおさらチョコと相性はいいだろう。

みんなでこれは美味しい、これは合わないと言い合いながら楽しんでいると、テーブルの下から切なげな鳴き声が聞こえてきた。

「きゅうぅーん……」

「ワゥン……」

「クゥン……」

「みゅううう！」

いつの間にかテーブルの周りに魔物っ子たちが勢揃いして、何かを訴えるようにこちらを見つめている。

稲穂、口から涎《よだれ》が……。

チョコもどきを食べたいのだろうが、チョコもどきなだけに不安がある。

魔物っ子たちにとっては毒かもしれないという不安が。

「森鬼、この子たちはデアを食べても大丈夫？」

「……デアとやらを食べたことないのでわからん」

デアの実は生でも食べられるらしいが、生息域が限定されているから、森鬼の行動範囲には生えていなかったのだろう。

この子たちを実験台にするわけにもいかないし。かといって、この眼差しを無視して食べ続けることもできない。

「もう一つの方で乳を流したらどうかしら？　確か、グワナルーンの乳もメーデルの乳もあったでしょう？」

お姉ちゃんが尋ねると、パウルがどちらもご用意できますと答えた。

「みんな、乳でもいい？」

乳と聞いて、魔物っ子たちの尻尾が激しく振られる。

お腹を満たせればなんでもいいのかもしれない。

早速パウルが準備に取りかかる……と思いきや、少々お待ちくださいと言い残してどこかに行ってしまった。

しばらくして戻ってきたパウルの手には、シーツと思しき布があった。どうやらリネン室から取ってきたみたい。

そのシーツを広げて数枚重ねる。その上に、組み立てた魔道具を置いて、乳を注ぐ。

乳が飛び散ることを想定して、絨毯《じゆうたん》を汚さないためのシーツだったか。

乳が飲みたくて、ジリジリと魔道具に近寄ってくる魔物っ子たちを制しながら、パウルがまず加熱のスイッチを押す。

飲むには熱すぎないかと思ったら、人肌程度にも調節できるらしい。

ほどよく温まったところで、スクリューの回転スイッチも押した。

チョコもどきのようにとろみがないからか、乳はサラサラと本物の噴水のように流れ落ちる。

ミルクファウンテンもできてしまった……。

「魔道具を大きくして、お酒の噴水を作ったらフィリップ小父様が喜びそうだわ」

お酒の噴水かぁ。アルコール成分が飛んじゃうかもしれないけど、喜ぶ大人はいっぱいいそう。

「よし、いいですよ」

パウルが許可を出すと、魔物っ子たちがミルクファウンテンに群がる。

星伍と陸星は流れ落ちる乳を一生懸命舐め取り、稲穂は相変わらず鼻先を乳に突っ込んで飲む。

スライムたちは体を伸ばしてお皿から吸い上げているようだ。

さすがにグラーティアとノックスはミルクファウンテンから飲むのは厳しいので、パウルが別の容器で用意してくれた。

数分もすると、目でわかるくらいにくみ上げる量が減り、ついには天辺から出てこなくなる。

故障ではなく、魔物っ子たちが乳を飲み干したからだろう。

「セーゴ、リクセー、イナホ。もう少し上品に飲めないのですか？」

星伍と陸星は顔中に乳の水滴をつけていて、稲穂は言わずもがな鼻先が乳まみれである。

パウルが濡れタオルで三匹の顔を拭いてあげるが、小言も忘れない。

その光景を見て、マーリエが呟いた。

「飼い主そっくりね」

「どこが⁉」

「ここが」

マーリエは自分の口元を指で示す。

口元が魔物っ子たちにそっくりってこと？

「ネマ、こっちを向いて」

お姉ちゃんの方を向くと、優しく口元を拭われた。

「ほらね」

マーリエが満足げな顔で笑った。

本書に対するご意見、ご感想をお寄せください。

あて先

〒162-8540 東京都新宿区東五軒町3-28
双葉社　Mノベルスｆ編集部
「向日葵先生」係／「雀葵蘭先生」係
もしくは monster@futabasha.co.jp まで

MFノベルス

異世界《いせかい》でもふもふなでなでするためにがんばってます。⑰

2024年7月13日　第1刷発行

著　者　向日葵《ひまわり》

発行者　島野浩二

発行所　株式会社双葉社
〒162-8540　東京都新宿区東五軒町3番28号
［電話］03-5261-4818（営業）　03-5261-4851（編集）
http://www.futabasha.co.jp/（双葉社の書籍・コミック・ムックが買えます）

印刷・製本所　三晃印刷株式会社

［電話］03-5261-4822（製作部）
ISBN 978-4-575-24752-7 C0093

彩戸ゆめ
すがはら竜
真実の愛を見つけたと言われて婚約破棄されたので、復縁を迫られても今さらもう遅いです!
ある日突然マリアベルは「真実の愛を見つけた」という婚約者のエドワードから婚約破棄されてしまう。新しい婚約者のアネットは平民で、エドワード直々に「君は誰よりも完璧な淑女だから」と、マリアベルは教育係を頼まれてしまう。教育係を断った後、マリアベルには別の縁談が持ち上がる。だがそれを知ったエドワードがなぜか復縁を迫ってきて……。

発行・株式会社　双葉社